KB018066

손
흔드는
소설

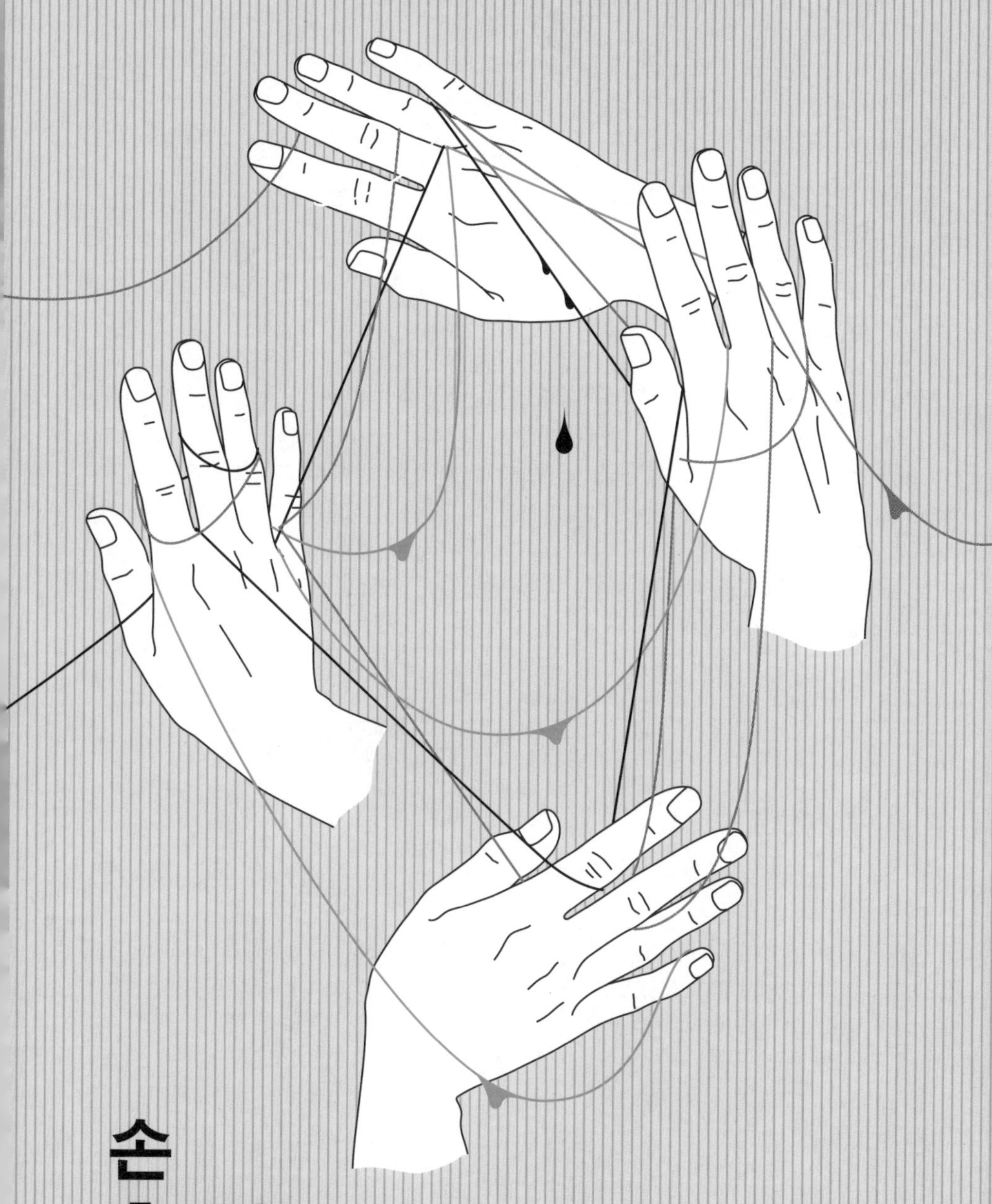

손 흔드는 소설

최은영 김중혁 이유리
정용준 정영수 손원평 임선우

창비

머리말

우리에게 오늘이 더 소중한 것은

'이별'이라는 단어를 떠올려 봅니다. 저편의 사람에게 손 흔드는 누군가의 뒷모습이 떠오르기도 하고, "하롱하롱 꽃잎이 지는" 장면이나 "물 먹은 별이, 반짝" 빛나는 모습이 떠오르기도 합니다. 마음의 연못에 슬픔이 금세 차오를 것만 같습니다.

매일 이별하며 살고 있다는 어느 가객의 노랫말처럼 우리는 매일 사람과 이별하고, 사물과 이별하고, 오늘과 이별합니다. 이렇게 이별하며 살다 보면 결국 언젠가는 자신을 둘러싼 세계와 이별하는 것으로 우리는 생을 마무리하겠지요. 그래서 어쩌면 우리가 살아가며 마주하는 크고 작은 이별들은 모두 이 세계와 마지막으로 이별하는 순간을 위한 예행연습일지 모릅니다. 이렇게 매일 하는 이별인데도, 이별은 언제나 낯설고 낯설어서 더욱 아쉽고 슬픕니다.

그런데 세상의 모든 이별은 슬프고, 우리는 그 슬픔을 견뎌 내는 수밖에 없을까요. 그렇지 않을 것입니다. 자신을 괴롭힌 과거, 아픈 상처, 지독한 절망과 이별하는 과정은 화해하고 치유하며, 새로운 시작을 위해 준비하는 과정이기도 할 것입니다.

앞으로도 우리는 다양한 이별의 상황을 마주하게 될 것입니다. 그때마다 슬픈 감정에 잠식되어 있을 수만은 없겠지요. 천천히 그 이별과 마주할 준비를 하며 무언가를 건강하게 떠나보내는 방법을 배울 필요가 있습니다.

인간은 존재의 부재를 체험함으로써 존재의 가치를 절실히 깨닫는다고 합니다. 이별이 우리에게 전하는 이러한 삶의 역설은 이별이 수많은 문학 작품의 소재로 사용되어 온 이유이기도 할 것입니다. 학교에서 국어를 가르치는 교사 여섯 명이 모여, 살면서 누구나 겪어 보았을 법한, 혹은 누구나 겪을 수 있을 법한 이별의 이야기들을 찾아보았습니다.

저희가 찾은 이별 이야기에는 친구, 첫사랑, 반려동물, 사물, 가족, 상처, 세상과의 이별이 담겨 있습니다. 이별에 대한 이야기뿐만 아니라 이별 이후의 이야기도 보여 줍니다. 이 이야기들이 우리 모두는 연결되어 있다는 감각을 지니며 타인의 슬픔을 조금이나마 이해하고 자신의 슬픔을 보듬는 계기가 될 수 있으면 좋겠습니다. 그리고 언젠가 나에게도 다가올지 모를 이별을 받아들일 용기를 가질 수 있으면 좋겠습니다. 생에서 만나는 모든 것과 이별할 수 있음을 기억한다면 우리에게 오늘은 더욱 소중할 것입니다.

오랜 기간 고르고 골라 엮은 일곱 편의 소설을 이제 독자 여러분께 떠나보냅니다. 『손 흔드는 소설』에 실릴 소설들을 읽은 시간은 저희 엮은이들에게도 소중했던 관계와 지나간 시간들을 손 흔들어 보내고, 새로 찾아올 만남을 손 흔들어 맞이할 준비를 할 수 있었던 행복한 시간이었습니다. 아름다운 만남과 이별을 허락해 주신 작가님들과 저희와 함께 고민하고 도움을 주셨던 창비교육 식구들, 김현정 편집자님께 감사드립니다.

2022년 12월
지는 해에 손 흔들며 엮은이들의 마음을 모아

차례

최은영

2013년 『작가세계』 신인상에 중편 소설 「쇼코의 미소」가 당선되며 작품 활동을 시작했다. 소설집 『쇼코의 미소』, 『내게 무해한 사람』, 장편소설 『밝은 밤』 등을 썼다. 허균문학작가상, 김준성문학상, 이해조소설문학상, 한국일보문학상, 구상문학상 젊은작가상, 대산문학상, 문학동네 젊은작가상을 수상했다.

01

씬짜오,
씬짜오

1995년 1월, 우리는 다시 독일로 돌아왔다. 92년에서 93년까지 베를린에서 살다 한국으로 돌아온 지 겨우 일 년이 지나서였다. 우리가 도착한 곳은 플라우엔이라고 불리는, 오 년 전까지만 해도 동독 지역이었던 작은 도시였다. 버려진 건물들, 황량한 공원, 술 냄새를 풍기며 전차 정류장에 앉아 있던 남자들……. 그곳은 내가 알던 독일의 모습과 거리가 멀었다.

호 아저씨의 저녁 초대를 받은 날, 엄마는 평소에는 입지 않던 예쁜 투피스를 꺼내 다려 입고 화사하게 화장했다. 말 꼬리마냥 껑충 묶은 내 머리를 풀어 짱짱한 디스코 머리로 땋고 결혼식 때 입는 검은색 코르덴 원피스를 입게 했다. 두 살짜리 동생에게도 새 옷을 입혔다. 오랜만에 화장을 한 엄마의 모습이 어린 내 눈에는 꽤나 예뻐 보였다. 엄마는 건물 유리창을 몇 번이나 보며 자기 모습을 점검했다. 플라우엔에 온 지 세 달 만에 다른 집에 초대받은 것이어서 기분 좋은 긴장감을 느끼는 것 같았다.

"씬짜오." 엄마는 현관 앞으로 나온 응웬 아줌마에게 외워 둔 베트남어로 인사했다. 나도 따라 "씬짜오" 하고 인사하자 응웬 아줌마는 반갑게 웃었다. 아줌마는 오래 만나지 못했던 친구들을 만난 것처럼 우리를 환영해 줬다. 부엌에는 호 아저씨가 있었다. 볼이 붉고 얼굴에 아이 같은 장난기가 어려 있던 아저씨가 나는 한눈에 좋아졌다. 아저씨는 아빠와 같은 회사에서 일하는 동료였고, 내가 아저씨 아들 투이와 같은 반이 된 것을 알고는 우리 가족을 아저씨네로 초대했다.

호 아저씨의 요리는 담백하고 편안했다. 음식을 두고 편안하다고 말할 수 있는 것인지는 모르겠지만 내게 아저씨의 요리는 그 말로밖에 설명이 안 된다. 토마토를 넣어 뭉근하게 끓인 고깃국, 향긋한 쌀밥, 구운 새우, 볶음야채와 반으로 자른 라임을 뿌려 먹는 짭조름한 튀김만두의 맛이 그랬다.

밥을 다 먹고 나서 어른들은 술을 마시기 시작했고, 나는 투이를 따라 책장 쪽으로 갔다. "내가 여섯 살 때부터 모은 거야." 투이는 만화책을 골라 줬는데 모두 스누피 시리즈였다.

"저기서 읽을래?" 투이가 좌식 소파를 가리켰다. 스웨이드 재질의 소파는 부드럽고 푹신했다. 나는 손등으로 소파를 쓰다듬으며 만화를 읽기 시작했다. 우드스탁과 나란히 개집 지붕에 앉아 노닥거리는 스누피는 꼭 투이처럼 보였다. 학교에서 본 투이는 그런 애였으니까. 그 애는 모두와 잘 지내고 항상 명랑했다. 키가 큰 애든, 작은 애든, 활발한 애든, 내성적인 애든 모두 투이를 좋아하는 것처럼 보였다.

"넌 얘 닮았어." 투이가 우드스탁을 가리키며 웃었다. "너 처음 봤을 때 우드스탁인 줄 알았어." 내가 작고 못생겨서 그렇게 말하나 싶었지만 악의 없는 얼굴로 천진하게 웃는 그 애에게 화를 낼 수는 없었다.

"나 너 겨울에 봤었어. 주말 벼룩시장에서." 투이가 말했다.

"걔가 나라는 걸 어떻게 아냐?"

"공원 맞은편에서도 봤어. 거기 너희 집 아니야?"

"그게 뭐."

나는 다시 만화책으로 눈길을 돌렸다. 우리 집 창문으로 그 애를 훔쳐본 일이 부끄러워졌다. 투이와 한 반이라는 것을 알았을 때 몰래 반가워했던 마음까지도 그 애가 다 알고 있을 것 같았다.

독일에서의 일은 이제 뿌연 유리창으로 보는 바깥 풍경처럼 희미하다. 그런데도 처음 투이네 집을 방문했을 때를 떠올리면 그때 느꼈던 감정이 생생히 되살아난다. 투이네 식구 모두가 우리를 반갑게 맞아 주던 일, 그 환대에 기뻐하던 엄마의 모습, 어떤 조건도 없이 받아들여졌다는 따뜻한 기분과 우리 두 식구가 같은 공간에 모여 음식을 나눠 먹던 공기를 기억한다. 어떻게 그렇게 여러 사람의 마음이 호의로 이어질 수 있었는지 나는 모른다. 고작 한 명의 타인과도 제대로 연결되지 못하는 어른이 된 나로서는 그때의 일들이 기이하게까지 느껴진다.

플라우엔에서 보낸 첫 번째 여름, 엄마는 건조한 날씨 때문에 고생했다. 하얀 각질이 뱀 비늘처럼 팔다리를 덮었고 자다가도 몸을 긁느라 몇 번이나 일어난다고 했다.

"저도 처음 독일 왔을 때 그랬어요. 한국도 여름이 습하죠? 여기는 반대니까. 뭘 발라도 건조하더라구요."

응웬 아줌마는 엄마에게 직접 만든 크림을 줬다. 샤워한 후에 꾸준히 바르면 가려움이 줄어들 거라고. 엄마는 아줌마의 크림 덕분에 남은 여름을 수월하게 보낼 수 있었다. 아줌마는 우리가 말하지 않아도 어디가 불편한지 알고 있었고, 배관공을 부르거나 집주인과 이야기해야 할 때도 나서서 일을 해결해 줬다. 무엇보다도 그녀는 두 살짜리 아이를 붙들고 하루 종일 집에 고립되어 있던 엄마의 유일한 말동무가 되어 주었다. 엄마를 보면 홀로 투이를 키워야 했던 시간이 떠오른다고, 혼자 그렇게 오래 있으면 자연히 어두운 생각에 빠지게 된다고, 이야기하고 싶으면 언제든지 전화하라고 했다.

투이네 가족과 우리 가족은 적어도 일주일에 한 번은 같이 저녁을 먹었다. 한 번은 투이네 집에서, 한 번은 우리 집에서 먹는 식이었고 초여름이 되어 낮이 길어지자 토요일 이른 저녁부터 일요일 새벽까지 함께 시간을 보냈다. 같이 밥을 먹고, 어른들은 어른들끼리 카드놀이를 하고, 우리들은 직소 퍼즐을 하거나 만화책을 읽었다. 그때는 몰랐지만 지금 와 생각해 보면 투이네 가족도, 우리

가족도 서로 말고는 그렇게 가까운 이들이 없었던 셈이다.

술을 많이 마신 날이면 어른들은 돌아가며 노래를 불렀다. 엄마는 한국 노래를, 응웬 아줌마 부부는 베트남 노래를 불렀다. 뜻도 알아듣지 못할 노래의 후렴구를 어설프게 따라 하려는 엄마를 보고 웃음을 터뜨리던 어른들의 모습이 생각난다.

"너희 아빠와는 말이 통하지 않아." 엄마는 종종 내게 그렇게 말했다. 둘은 서로를 투명 인간처럼 대했다. 밥을 먹을 때도, 텔레비전을 볼 때도, 드라이브를 할 때도 그랬다. 그런 행동이 어린 나에게 어떤 상처를 줬는지 그들은 끝내 이해하지 못했을 것이다.

엄마와 아빠는 같은 대학 독문과에서 만나 오래 연애한 커플이었다고 했다. 경쟁적으로 서로의 존재를 무시하는 그 두 사람이 한때는 서로를 끔찍이 사랑했었다는 사실을 그때의 나는 이해할 수 없었다. 언젠가 엄마 아빠가 얼굴을 마주 보고 이야기할 수 있기를, 아무 미움 없이 평범한 이야기들을 할 수 있기를, 결코 헤어지지 않기를 나는 매일 빌었다.

투이네 가족과의 저녁 식사 시간이 좋았던 것도 그런 이유 때문이었다. 투이 가족과 함께 있을 때 엄마와 아빠는 가끔 서로를 보며 웃기도 했고, 투이 가족에게 서로에 대한 이야기를 자연스레 하기도 했다. 담배를 피우러 발코니로 나가는 아빠가 엄마의 어깨를 툭 치는 것을 본 적도 있었다. 술에 취해 웃으며 말하는 아빠를 선선히 바라보던 엄마의 눈빛이 기억난다. 우리 식구끼리만 있을 때는 상상할 수 없는 일이었다. 엄마가 그렇게 잘 웃는 모습을 나는 그전에도, 그 후에도 보지 못했다.

엄마 그때 참 예뻤어, 언젠가 내가 그렇게 얘기했을 때 엄마는 그 시절이 잘 기억나지 않는다고, 그래도 그렇게 말해 줘서 고맙다고 말했다.

본격적인 여름에 들어서자 밤 열 시가 넘어도 대기에는 초저녁처럼 희미한 빛이 남아 있었다. 빛이 조금씩 줄어들면서 눈앞의 풍경이 푸른빛에 잠길 때의 모습을 나는 좋아했다. 거실 창문으로 밤바람이 불어오고, 부엌에서는 어른들의 말소리와 웃음소리가 들려오고, 그 시간이 되면 꼭 입을 벌리고 잠들었던 투이의 얼굴을 볼 때, 푸른빛의 채도가 점점 낮아지고 가로등 불빛이 하나둘씩 켜질 때면, 나는 내가 언젠가 이 시간을 그리워할지도 모른다고 생각했다.

투이와 나는 같이 빵이나 우유 심부름을 다니곤 했다. 심부름을 가는 길에 그 애는 보이지 않을 만큼 멀리 뛰어갔다가 다시 내 쪽으로 돌아왔다. 처음에는 투이를 쫓아가려고 했지만 그 애가 다시 돌아온다는 걸 알고는 나도 내 속도대로 걸었다. 보이지 않았다가 다시 내게 달려오는 그 애의 얼굴을 볼 때면 웃음이 났다. 투이는 나와 눈이 마주치면 고개를 활짝 뒤로 젖히고 더 우스꽝스러운 포즈로 달렸다.

심부름을 다녀오는 길에 우리는 찻길을 사이에 두고 맞은편에서 걸어갔다. 둘이 붙어 다니면 같은 반 애들이 놀릴지도 모른다는 염려 때문이었다. "우드스탁!" 그 애는 우리 둘만 있을 땐 나를 꼭 우드스탁이라고 불렀다. 시간이 지날수록 그 호칭은 나를 꽤나 들뜨게 했다. 그 누구도 빈번한 전학으로 스쳐 지나가는 나에게 별명을 붙여 주지 않았으니까.

투이네 동네 골목까지 들어오고서야 우리는 나란히 걸었다. 그럴 때 투이에게서는 볕에 달구어진 동전 냄새 같기도, 양파 냄새 같기도 한 땀 냄새가 났다. 별다른 이야기를 나눈 건 아니었지만 그렇게 함께 걷는 것만으로도 마음이 부드러워지는 기분이었다.

투이는 그 나이 또래 특유의 어그러짐이 없었다. 학교에서 있었던 일을 응웬 아줌마에게 종알종알 다 이야기했고 다른 사람을 신경 쓰지 않고 노래를 부르거나 즉흥 연극을 해 모두를 웃게 했다. 나는 동생을 대하듯이 그 애에게 말하곤 했는데, 가끔은 아무렇지 않은 듯 깊은 속마음을 말하기도 했다. 내가 무슨 말을 해도 투이 같은 어린애가 이해할 수 없으리라고 생각해서였다. 투이는 내 말을 별로 신경 쓰지 않는 것처럼 보였다. 그랬구나, 그랬었냐. 그런 무심한 대답을 듣고 있노라면 그 애에게 말하기 전의 억눌린 감정이 조금은 풀어지는 것 같았다.

"우리 엄마 아빠는 서로를 제일 싫어해." 그날도 나는 아무렇지 않게 웃으며 말했다. 투이는 걸음을 멈추고 가만히 서서 나를 쳐다봤다. 꼭 화가 난 것처럼 보였다. 의외의 반응이어서 무슨 말을 해야 할지 알 수 없었다.

"넌 왜 그런 얘길 하면서 웃어?" 투이는 그 말을 하고는 앞으로

성큼성큼 걸어갔다. 여느 때처럼 다시 내 쪽으로 돌아오리라고 생각했지만 그 애는 그렇게 하지 않았다. 당시에는 조금 당황했을 뿐 그 일에 대해 깊이 생각하지는 않았었다. 하지만 고등학교 시절, 야자를 마치고 운동장을 가로질러 갈 때면 "넌 왜 그런 얘길 하면서 웃어?"라고 말하던 투이의 어린 얼굴이 생각나곤 했다. 나는 그 애를 조금도 알지 못했었어. 유년을 다 지나고 나서야 나는 그 애를 다르게 기억하기 시작했다.

"독일에 처음 왔을 때," 아줌마는 크게 웃으며 말했다. "너무 추웠어요. 아무리 껴입어도 벌벌 떨리는 거야. 아직도 그래요. 투이야 여기서 태어났으니까 아무렇지 않겠지만 난 이상하게 아직도 여기 겨울이 적응 안 돼. 난생처음 눈 봤을 때 얼마나 놀랐는지. 너무 예뻐서 춥다 춥다 하면서도 손이 다 얼도록 눈을 만지고 놀았어요."

엄마는 웃으며 말하는 응웬 아줌마의 얼굴을 물끄러미 쳐다봤다. 같이 웃어야 하는데 웃음이 나오지 않아 당황하던 엄마의 얼굴을 기억한다. 아줌마는 고생한 이야기를 할 때마다 과장되게 웃으면서 말했고 그럴 때면 엄마는 애써 같이 웃으려 노력했다.

아줌마는 엄마가 사랑이 많고, 다른 사람의 마음에 공감해 주는 능력을 타고났다고 말했다. 세상에는 엄마처럼 섬세한 사람들이 더 많아져야 한다면서, 엄마는 아파하지 못하는 사람들을 위해 대신 아파하는 사람이라고 말했다.

엄마와 함께 있을 때도 아줌마는 엄마에 대한 칭찬을 잘했다. 웃는 모습이 예뻐서 함께 있으면 방이 다 환해지는 것 같다, 두상이 동그라니 예쁘다, 걸음걸이가 사뿐하다, 옷맵시가 좋다, 앞니가 귀엽다, 듣기에 참 좋은 목소리다……. 아줌마는 이런 이야기를 망설이지 않고 했고 그럴 때면 엄마는 얼굴을 붉혔다. 아줌마의 말을 듣고 있노라면 나도 몰랐던 엄마의 좋은 부분이 눈에 들어왔고 엄마가 내 엄마라는 사실이 자랑스러워졌다. 아줌마와 엄마는 하루가 멀다 하고 서로의 집을 오갔다. 엄마는 김을 좋아하는 아줌마를 위해 한국에서 가져온 김을 구워 갖다줬고, 아줌마는 단 음식을 좋아하는 엄마에게 쌀푸딩을 만들어 줬다.

플라우엔에서 맞은 두 번째 겨울에 나는 거의 매일 투이네 집에 들렀다. 우리 집은 오래된 라디에이터 때문에 언제나 냉골이었지만 투이네 집은 온몸이 노곤해질 정도로 기분좋게 따뜻했고, 투이네 식구들과 함께 지내는 쪽이 집에 있는 것보다 편해서였다.

응웬 아줌마는 나에 대해 많은 것을 물어봤다. 한국에서 다니던 학교는 어땠는지, 베를린에서의 생활은 만족스러웠는지, 바다를 가 보았는지, 한국의 바다는 어떤 색인지, 가장 좋아하는 독일 음식은 무엇인지. 아줌마의 질문은 공부는 잘하냐, 왜 이렇게 키가 작냐, 커서 뭐 할 거냐 물어 대는 다른 어른들의 것과는 달랐다. 진심 어린 관심을 받고 있다는 기쁨에 나는 두 볼이 빨갛게 달아오를 때까지 아줌마 앞에서 떠들어 댔다.

"이름 한자로 써 볼래?" 내가 이름을 한자로 쓰자 아줌마는 웃으며 말했다. "이럴 줄 알았지. 나랑 같은 성씨구나." 아줌마는 '나라 이름 원阮' 자를 쓰고는 '응웬'이라고 읽었다. 호 아저씨의 '호'는 '되 호胡' 자였고, '투이'라는 이름은 '푸를 취翠' 자를 썼다. "넌 내 어릴 적 친구를 많이 닮았다. 그 애 성씨도 응웬이었지. 같은 마을에 살았던 친구였다." 아줌마는 슬프게 웃어 보였다. 무척 좋아하는 것들에 대해 이야기할 때 그녀는 그런 표정을 짓곤 했다. 세 살이 된 내 동생 다연이를 볼 때도 그랬었다. 시간이 지날수록 그 표정은 나를 아프게 했는데, 아줌마의 행복이라는 것이 슬픔과 너무 가까이 붙어 있는 것처럼 보여서였다.

언젠가 아줌마에게 어린 시절 사진을 보여 달라고 한 적이 있었다. 그녀는 고개를 저었다. "다 잃어버렸지. 한 장이라도 남아 있으면 좋았을 텐데." 내가 이유를 묻자 그녀는 내 머리를 쓰다듬기만 했다. "사진만 잃어버린 게 아니었단다." 그녀는 내게 아주 작은 목소리로 말했다. 그 말이 무슨 뜻인지 정확히 알지는 못했지만 그 말을 하는 아줌마의 떨리는 마음이 내게도 그대로 전해져 두려워졌다.

투이네 집에서 유일하게 접근이 어려웠던 곳은 서재였다. 누가 그러지 말라고 한 것도 아니었지만 문이 항상 닫혀 있어 들어가 볼 생각을 하지 못했던 것 같다. 서재 문이 활짝 열려 있던 날, 나는 끌리듯이 그 방으로 들어갔다. 문 바로 옆으로 작은 제단이 보였다.

제단은 나무 장식장 위에 꾸며져 있었다. 기둥과 지붕으로 이루어진 집 모양의 조형물 아래로 다섯 개의 액자와 모래와 재가 든 향로가 보였다. 액자마다 한 사람 한 사람의 흑백 사진이 들어 있었고 향로에는 끝까지 타 버리거나 중간에 꺼진 보라색 향들이 몇 개 꽂혀 있었다. 향로 옆으로 종이에 싸인 향과 작은 성냥갑이 보였다. 그런 향로는 이전에도 봤었지만, 향로 뒤에 죽은 사람 사진을 둔 것을 본 건 그때가 처음이었다. 나는 겁이 나 사진을 똑바로 쳐다보지도 못하고 뒤돌아섰다.

사진 속 다섯 사람은 가족처럼 보였다. 내 기억이 맞는다면 노인은 한 명밖에 없었고 내 또래의 여자아이, 다연이 또래의 아기 사진도 있었다. 힐끗 훑어봤을 뿐이지만 그 사람들의 얼굴이 내 등 뒤에 달라붙기라도 한 것처럼 신경이 쓰였다.

나는 그들이 누구인지, 무슨 까닭으로 투이네 집 제단에 안치돼 있는지 알고 싶었다. 왜 응웬 아줌마나 투이가 나에게 제단을 보여 주지 않았는지도 궁금했지만, 막연한 두려움 때문에 누구에게도 그 일에 대해 말하지 못했다.

2차 세계 대전에 대해 배우던 시간에 나는 투이로부터 뜻밖의 이야기를 들었다. 가을 학기가 시작될 무렵이었다.

"다행히 2차 대전 이후로 이처럼 대규모의 살상이 일어난 전쟁은 없었단다." 투이가 손을 들어 선생님의 말을 끊었다. "아닌데요." 그게 투이의 첫마디였다.

"뭐가 아니라는 거지?"

"베트남에서 전쟁으로 사람들이 많이 죽었어요. 저희 할아버지, 할머니, 고모, 이모, 삼촌 모두 다 죽었대요. 군인들이 와서 그냥 죽였대요. 아이들도 다 죽였다고. 마을이 없어졌다고 했어요. 저희 엄마가 얘기하는 걸 들었어요." 투이가 말했다.

"그래. 투이 말이 맞다. 베트남 전쟁에 대해 너희는 들어 본 적 없을 거야. 투이가 더 얘기해 볼래?" 선생님은 투이가 자기 의견을 말했다는 것에 만족해했지만, 그 애는 반사적으로 말한 것처럼 보였다. 투이의 얼굴이 곧 울 것처럼 붉어졌기 때문이다. 그 애는 무슨 말을 하려다가 입을 다물고 고개를 숙였다.

"투이, 더 말해 봐. 우리들도 모두 알아야 하잖아." 그 애는 고개를 저었다. 나는 그 모든 상황이 부당하게 느껴졌지만 당시에는 그 감정의 이유에 대해 알지 못했다. 그때 반장 잉가가 손을 들었다. "베트남은 전쟁으로 미국을 이긴 유일한 나라예요. 미군만 육만 명이 죽었고 군인 아닌 베트남 사람도 이백만 명 죽었대요. 텔레비전에서 봤어요. 미군이 비행기로 폭탄을 떨어뜨리고 나무를 죽이는 약도 뿌렸고요." 반장의 얼굴에 자랑스러운 미소가 떠올랐다. 나는 빨갛게 달아오른 투이의 작은 귀를 바라봤다.

선생님은 반장의 말이 정확하다고 칭찬하고는 미국이 베트남전에 참전한 배경과 전쟁 과정에 대해 설명했다. 그리고 그 일이 미국 정부의 실책이었고, 미국으로서는 아무런 득도 보지 못한 전쟁이었다고 결론 내렸다. 투이가 말하고 싶었던 건 그런 게 아니었으리라고, 그 애를 앞에 두고 그런 식의 설명을 하는 건 가슴 아픈 일이라고 말하고 싶었지만 어쩐지 입을 열 수 없었던 기억이 난다. 투이는 분명 교실에 있었지만 그 순간만큼은 그곳에 없는 사람으로 취급된 것 같았다. 나는 등을 구부리고 앉아 있는 그 애의 뒷모습을 바라봤다. 너희들은 투이의 마음을 조금도 짐작하지 못하겠지, 독일 애들에게 희미한 분노마저 느꼈던 기억도.

그날 저녁 우리는 투이네 집 식탁에 모여 호 아저씨가 만든 국수와 만두를 먹고 있었다. 이야기가 어떻게 그쪽으로 흘러갔는지는 잘 기억나지 않는다.

나는 예쁘지도 않았고, 특별히 잘하는 것도 하나 없는 열세 살짜리 여자애였다. 열한 살 때 동생이 태어난 이후로는 무슨 일을 하든 애처럼 굴지 말라는 말을 들었다. 존재감이 없는 아이들이 보통 그렇듯 어른들에게 인정받고자 하는 욕구는 컸다.

일본의 식민 통치에 대한 이야기가 나왔을 때, 어른들의 말에 동요한 것은 그런 이유에서였다. 드디어 나도 한마디 할 수 있는 기회가 왔다고 생각했다. 한국의 역사에 대해서라면 투이네 식구들보다 내가 더 잘 아니까, 아는 척을 한다면 엄마 아빠가 꽤나 뿌듯하게 생각해 줄 것 같았다.

"한국은 다른 나라를 침략한 적 없어요." 나는 그 말을 하고 동의를 구하기 위해 엄마 아빠를 쳐다봤다. 아빠는 아무 얘기도 못 들었다는 듯이 내 쪽으로 눈을 돌리지 않았고, 엄마는 조용히 하라는 투의 눈빛을 보냈다. "국물이 짜지는 않은지 모르겠네." 호 아저씨가 말을 돌렸다. 모두들 내 말을 무시하는 것 같아 서운했다. "정말이에요. 우린 정말 아무도 해치지 않았어요." 내가 말했다. 한국은 선한 나라라는 인상을 남기고 싶었고, 어른들의 대화에 자연스레 참여해서 칭찬받고 싶었다. 난 맞은편에 앉은 아빠에게 인정을 구하는 눈빛을 보냈다.

"넌 어른들 말하는 데 끼어들지 마. 네가 대체 뭘 안다고 떠드는 거냐!" 아빠가 한국어로 소리쳤다. 모두들 젓가락질을 멈추고 나를 봤다. 투이네 식구들 앞에서 아빠에게 그런 식으로 야단맞은 것이 부끄럽고 억울해서 귀가 먹먹해지고 눈에 눈물이 고였다. 얼굴이 화끈거렸다. 나는 마지막 용기를 쥐어짜서 독일어로 말했다. "한국에서 그렇게 배웠는데. 우린 아무에게도 잘못한 게 없다고. 우린 당하기만 했다고. 선생님이 그렇게 말했는데……."

"한국 군인들이 죽였다고 했어." 투이가 말했다. 작은 목소리였지만 식탁의 분위기를 얼려 버리기에는 충분했다. "그들이 엄마 가족 모두를 다 죽였다고 했어. 할머니도, 아기였던 이모까지도 그냥 다 죽였다고 했어. 엄마 고향에는 한국군 증오비가 있대." 어떻게 네가 그런 말을 할 수 있느냐고 힐난하는 말투였지만 나는 그 애가 무슨 말을 하는지 도무지 이해할 수 없었다.

"투이 넌 함부로 말하지 마라." 그 말을 하고 아줌마는 나를 봤다. "넌 신경 쓸 것 없어. 너와는 관계없는 일이야." 응웬 아줌마의 말은 투이의 말이 사실이라는 걸 확인시켜 줄 뿐이었다. "정말로 신경 쓸 일 아니야." 어린 마음에 혹여 상처를 입었을까 걱정하는 아줌마의 두 눈, 내가 결코 잊지 못할 얼굴. 투이의 말이 진실이라는 걸 나는 응웬 아줌마의 그 얼굴을 보고 이해했다. 그때 내가 상처를 받았다면 그건 응웬 아줌마의 상처에 대한 가책 때문이었을 것이다. "네가 태어나기도 전에 일어난 일이야." 아줌마가 속삭였다.

"저는 정말 몰랐어요." 엄마가 말했다. "응웬 씨가 겪었던 일, 저는 아무것도 모르지만 그래도 죄송하다고 말씀드리고 싶어요. 죄송합니다." 엄마는 호 아저씨와 응웬 아줌마에게 고개 숙였다.

"저는 모든 걸 제 눈으로 다 봤답니다. 투이 나이 때였죠." 그렇게 말하고 호 아저씨는 붉어진 눈시울로 애써 웃었다. "하지만 그렇게 말씀해 주셔서 감사합니다." 호 아저씨는 거기까지 말하고 힘껏 웃어 보였다. 응웬 아줌마는 호 아저씨에게 베트남어로 속삭이듯이 이야기했다. 알아들을 수 없었지만 분명 마음을 다독이는 말이었을 것이다. 그 말의 진동이 내 마음까지 위로하는 것 같았으니까.

아빠는 엄마와 호 아저씨의 대화를 못 들은 것처럼 맥주만 마시고 있었다.

"당신도 무슨 말 좀 해 봐." 엄마가 한국어로 아빠에게 말했다.
"내가 무슨 얘길 해? 그럼, 우리가 잘못했다고 말해야 돼? 왜 당신이 나서서 미안하다고 말해? 당신이 뭔데?" 아빠가 한국어로 받아쳤다.

"당신은 항상 이런 식이야. 죽어도 미안하다는 말을 못 해, 안 해. 그게 그렇게 어려운 일이야? 내가 응웬 씨였으면 처음부터 우리 가족 만나지도 않았을 거야."

아빠는 식탁 의자에 걸친 카디건에 팔을 넣었다. "저녁 잘 먹었습니다." 아빠는 잠시 망설이다가 입을 열었다. "저희 형도 그 전쟁에서 죽었습니다. 그때 형 나이 스물이었죠. 용병일 뿐이었어요." 아빠는 누구의 눈도 마주치지 않으려는 듯 바닥을 보면서 말했다.

"그들은 아기와 노인들을 죽였어요." 응웬 아줌마가 말했다.

"누가 베트콩인지 누가 민간인인지 알아볼 수 없는 상황이었겠죠." 아빠는 여전히 응웬 아줌마의 눈을 피하며 말했다.

"태어난 지 고작 일주일 된 아기도 베트콩으로 보였을까요. 거동도 못하는 노인도 베트콩으로 보였을까요."

"전쟁이었습니다."

"전쟁요? 그건 그저 구역질 나는 학살일 뿐이었어요." 응웬 아줌마가 말했다. 어떤 감정도 담기지 않은 사무적인 말투였다.

"그래서 제가 무슨 말을 하길 바라시는 겁니까? 저도 형을 잃었다구요. 이미 끝난 일 아닙니까? 잘못했다고 빌고 또 빌어야 하는 일이라고 생각하세요?"

"당신 제정신이야?" 엄마가 말했다.

응웬 아줌마는 자리에서 일어나 천천히 서재로 걸어 들어갔다. 조심히 닫히던 문소리. 나는 겁에 질렸지만 차마 서재로 따라 들어가지는 못했다. 엄마는 동생을 안고 자리에서 일어났다. "정말 죄송합니다." 엄마는 호 아저씨에게 고개를 숙였다. "투이야, 미안하다." 엄마는 그 말을 하고 밖으로 나갔다. 나는 기저귀 가방과 카디건을 들고 엄마를 따라 나갔다.

"그건 그저 구역질 나는 학살일 뿐이었어요." 그 말을 하던 응웬 아줌마의 웃음기 없는 얼굴이 자려고 누운 내 얼굴 위로 떠올랐다. 그 말을 할 때 아줌마는 우리와 다른 곳에 있었다. 내가 아무리 상상하려고 해도 상상할 수 없는 장소와 시간에 아줌마는 내몰려 있었다. 그녀의 말은 아빠를 설득하려는 말도 아니었고, 자신을 방어하고자 하는 말도 아니었다. 그 말은 아빠를 향한 것이 아니라 그간, 그 일을 겪은 이후로 애써 살아온 응웬 아줌마 자신에 대한 쓴웃음이었던 것 같다. 그녀는 아빠의 태도에 실망조차 하지 않았던 것이다. 어차피 당신들은 이해하지 못할 테니까,라는 마음이 그날 밤, 아줌마와 우리 사이를 안전하게 갈라놓았다. 그건 서로를 미워하고 싶지도, 서로로 인해 더는 다치고 싶지도 않은 어른들의 평범한 선택이었다.

엄마는 투이네 식구와의 관계를 회복하기 위해 노력했다. 열세 살이었던 나조차도 투이네 가족과는 이미 돌이킬 수 없게 되었다고 직감했지만 엄마의 생각은 달랐다. 엄마는 나와 동생을 데리고 몇 번이나 응웬 아줌마를 찾아갔다. 겉으로 달라진 건 없었다. 아줌마는 우리들에게 차와 간식을 내놓았고 우리는 예전처럼 이런

저런 이야기를 나눴다. 그런데도 나는 어쩐지 아줌마가 그 시간을 그저 견디고 있다는 느낌을 받았다. 엄마는 어색함을 이겨 내려는 듯이 평소보다 더 많은 말을 했다. 그럴 때 엄마의 부정확한 독일어는 자주 부서졌고 당황한 엄마의 문장은 어떤 의미도 만들어 내지 못했다. 서로 연결되지 못하는 단어들은 부유했고 시제와 성性, 수數가 일치하지 않는 문장은 꾸며 낸 유머처럼 들리기까지 했다. 엄마의 말을 듣는 아줌마는 지쳐 보였다. 아무리 아줌마가 마음을 감추려고 노력했다고 하더라도 눈치챌 수밖에 없는 표정이었다.

겨울 코트를 입기 시작했을 즈음부터 엄마는 아줌마를 찾아가지도, 아줌마에 관한 이야기도 더 이상 하지 않았다. 늘 투이네 식구와 함께했던 토요일 저녁 시간은 우리 가족끼리 어색하게 앉아 텔레비전을 보는 시간으로 변했다. 그즈음에는 해도 짧아져서 여섯 시만 돼도 사위가 컴컴해졌고 여덟 시면 나는 방으로 들어가야 했다. 쉽게 잠들 수 없는 밤이었다. 나는 가만히 누워 엄마가 식탁 의자를 끄는 소리, 한국의 누군가에게 속삭이듯 전화하는 소리를 들었다. 새벽에 화장실을 가려고 밖에 나갔을 때 식탁 의자에 앉아 멍하니 벽을 보고 있던 엄마의 모습을 본 적도 있었다. 내가 나와 있는 줄도 모르고 무언가를 골똘히 생각하다 나를 보고 깜짝 놀라던, 그리고 안심하라는 듯이 눈가를 떨며 애써 웃던 그 얼굴을.

엄마는 반쯤 쓴 립스틱과 파운데이션을 쓰레기통에 던져 넣었고, 아끼던 투피스와 원피스를 의류 수거함에 버렸다. 일요일이면 어떻게든 짐을 싸서 근처 숲으로, 벼룩시장으로, 꽃 시장으로 나들이 다니던 사람이 동생 방에서 벽만 보고 누워 있었다. 전에는 아빠의 말과 행동을 지적하면서 싸움을 걸거나 아빠의 말을 맞받아쳤을 상황에서 엄마는 그저 침묵했다. 밥을 몰아 먹었고 손끝이 빨개지도록 뜨개질을 했다.

그즈음 나는 엄마가 깊이 잘 때 동생 방 쓰레기통을 뒤졌다. 그 속에는 사진들이 찢긴 채 버려져 있었다. 아직 아기인 나를 안고 있는 엄마와 그 곁에서 웃고 있는 아빠의 사진, 만삭인 엄마의 배를 내가 만져 보는 사진……. 테이프로 붙여 보지도 못할 만큼 잘게 찢긴 사진 조각들. 나는 다연이 옆에 누워 잠을 자는 엄마의 얼굴을 가만히 바라봤다. 엄마가 너무 멀리 있는 것 같아, 더 멀리 가 버릴 것 같아 두려웠다.

엄마는 내게 정사각형 모양의 선물 박스를 건넸다. 투이네 식구를 위한 선물이니, 투이에게 박스를 전해 달라고 부탁했다. 나는 박스를 부엌 창턱 위에 올려놓았다. 박스는 초록과 노랑의 체크무늬 포장지에 빨간 리본으로 장식되어 있었다.

몇 안 되는 가구가 빠져나가고, 대부분의 세간을 우편으로 부친 탓에 우리들은 빈집에 몰래 들어와 사는 사람들처럼 지냈다. 바닥에 신문지를 깔아 놓고 샌드위치를 먹고 밤에는 침낭에 들어가 잤다. 이 년 새에 키가 많이 자라 독일에서 입던 옷은 모두 수거함에 버려졌다. 독일에 계속 머무르고 싶지도 않았지만 그렇다고 한국으로 돌아가고 싶지도 않았다. 한 달이 지나면 나는 한국에서 중학생이 될 터였다. 귀밑 삼 센티미터로 머리카락을 자르고 교복을 입고 조회 시간에 열을 맞춰 운동장에 서 있는 내 모습이 잘 상상되지 않았다. 그건 분명 두려운 변화였지만 그때 내가 느꼈던 감정은 두려움보다는 오히려 체념에 가까웠다.

눈이 많이 오는 날이었다. 공원에 쌓인 눈이 녹아 얼 새도 없이 계속 새로운 눈이 쌓였고, 사람들은 그나마 눈이 치워진 공원 사잇길로 걸어다녔다. 나는 옷가지를 넣은 이민 가방을 깔고 앉아 바깥 풍경을 바라봤다. 처음 투이를 본 것도 이 창을 통해서였었지. 까불거리며 지그재그로 뛰어다니던 그 애의 모습이 떠올라 코가 찡해졌다. 곧 해가 질 시간이었고, 공원에 쌓인 눈은 푸르스름하게 보였다.

그때 창밖으로 검은색 파카를 입고 앞머리를 길게 기른 남자애의 모습이 보였다. 그 앤 보폭을 크게 해서 한 걸음 한 걸음을 내디뎠다. 얼굴이 잘 보이지는 않았지만 분명 개구지게 웃고 있으리란 걸 알 수 있었다. 남자애는 창 쪽으로 몸을 틀어 나를 올려다보더니 팔을 쭉 뻗어 손을 흔들었다. 투이였다. 나는 엄마가 준 선물 박스를 들고 일 층으로 내려가 길을 건넜다.

투이가 서 있던 자리에는 그 애의 발자국만 남아 있었다. 나는 한동안 그곳에 서서 사방을 둘러봤다. 얼마나 그렇게 서 있었을까. 멀리서 허겁지겁 달려오는 투이의 모습이 보였다. 그 애는 내 코앞까지 와서 깔깔대며 웃었다.

"그 표정 뭐야. 넌 아직도 속냐?" 투이가 말했다.

"그따위 장난 다시는 하지 마." 그 말을 하고 웃었어야 했는데 노력해도 웃음이 나오지 않았다. '다시는'이라는 말이 이제 소용없어졌다는 것을 실감해서였다. 목이 멨다.

"야. 한두 번도 아닌데 왜 그래. 알았어. 다신 안 그럴게."

투이는 눈물을 참는 내 모습을 보고 놀랐는지 나를 한참 쳐다봤다.

"네가 썰매 개냐. 눈밭 위로 뛰어다니게." 그 말을 하고 나서야 나는 겨우 그 애에게 웃어 보일 수 있었다. 투이는 두 손을 앞으로 모으고 개 흉내를 내 나를 웃게 했다.

시간이 지나고 나서야 나는 투이의 유치한 말과 행동이 속 깊은 애들이 쓰는 속임수였다는 사실을 깨닫게 됐다. 그런 아이들은 다른 애들보다도 훨씬 더 전에 어른이 되어 가장 무지하고 순진해 보이는 아이의 모습을 연기한다. 다른 사람들이 자신을 통해 마음의 고통을 내려놓을 수 있도록, 각자의 무게를 잠시 잊고 웃을 수 있도록 가볍고 어리석은 사람을 자처하는 것이다. 진지하고 냉소적인 아이들을 어른스럽다고 생각했던 그때의 나는 투이의 깊은 속을 알아볼 도리가 없었다.

"엄마 금방 이쪽으로 올 거야. 요즘 교육받으러 다니거든. 이제 끝날 시간 다 됐어." 투이가 말했다. 너무 오랜만에 서로 이야기하자니 그 애가 조금 낯설게 느껴지기까지 했다. 나는 투이네 집에 가지 않았고 투이 또한 우리 집에 오지 않았다. 학교에서는 데면데면하게 지냈고, 집에 돌아오는 길에 우연히 마주치더라도 눈인

사만 하고 모른 척 걸어가곤 했다. 그럴 때 투이는 내가 알던 아이가 아니었다. 키도 많이 자라 멀리서 보면 더 이상 애처럼 보이지 않았다. 이렇게 아무렇지 않은 척 예전처럼 이야기하고 있으려니 굉장히 오랜 시간이 지난 것 같은 느낌이었다. 우리는 공원 벤치에 나란히 앉았다.

"그날 너에게 나쁘게 말하려던 건 아니었어." 투이가 말했다. 내가 무슨 말을 해야 할지 망설이는 동안 투이는 말을 이었다. "널 공격하기 위해서 한 말은 아니었어."

"미안해."

나도 모르게 그 말을 하고 나서야 나는 내가 오래도록 그 애에게 이렇게 말하고 싶어 했다는 걸 깨달았다. 투이의 커다란 눈이 한 번 깜빡였다. 바람이 불 때마다 나뭇가지에서 눈덩이가 떨어져 머리 위에서 부서졌다.

"아무것도 몰랐던 거. 미안해." 나는 천천히 말했다. 공원에 부는 바람이 내 말을 쓸어가 버리기라도 할 것처럼 조심스럽게. 그 말이 아무것도 되돌릴 수 없다는 것을 알면서도 그렇게 말하고 싶었다. 나와 눈이 마주치자 투이는 발끝으로 바닥을 툭툭 찼다. 그러고는 고개를 들어 다시 나를 봤다. 머쓱해하는 표정이었다. 그 애의 두 입술이 천천히 벌어지고 그 사이로 빠져나온 흰 입김이 허공으로 흩어졌다. 투이는 가방에서 종이봉투를 하나 꺼냈다.

"이거 받아, 우드스탁."

종이봉투 안에는 만화책 한 권이 들어 있었다. 우드스탁과 스누

피가 개집 지붕에 앉아 서로를 보며 웃고 있는 표지였다. 이제 이렇게 둘이 앉아 있을 일은 없을 테고, 다시는 우드스탁이라는 우스꽝스러운 별명으로 불릴 일도 없겠지.

아줌마가 올 때까지 우리는 거기에 앉아 실없는 소리를 해 댔다. 대체 이 공원의 개똥은 왜 치워도 치워도 계속 생기는지, 저 하얀 눈 아래로 얼마나 많은 개똥들이 꽁꽁 얼어붙어 있을지. 똥 얘기만 나오면 바닥을 구를 정도로 함께 웃었었지만 어쩐지 우리는 더 이상 예전처럼 웃지 못했다. 그 이야기가 더는 재밌지 않았던 것이다.

응웬 아줌마는 나란히 앉아 있는 우리를 보고 손을 흔들었다. 아줌마는 내 곁에 앉았다.

"언제 떠나?"

"내일 밤에요."

아줌마는 아무런 반응 없이 쓰레기통을 바라보고 있었다. 나는 무안해져 팔짱을 풀고 엄마가 준 박스를 아줌마의 무릎 위에 올려놓았다.

"이거, 우리 엄마가 드리래요."

아줌마는 포장지를 천천히 뜯고 상자를 열었다. 그 안에는 엄마가 이번 가을부터 뜨기 시작한 목도리와, 털모자, 털장갑이 세 벌씩 들어 있었다. 엄마 이거 누구 주려는 거야? 내가 묻자 그냥 심심해서 뜨는 거라고 대수롭지 않게 이야기하던 엄마의 얼굴이 떠올랐다. 응웬 아줌마는 빨간 털모자를 꺼내 썼다. 털로 만들었다는 것만 다를 뿐, 아줌마가 여름에 자주 쓰는, 좁은 챙이 달린 모자와 비슷한 모양이었다. 털모자에는 장미꽃 모양의, 털실로 만든 코사지가 붙어 있었다. 아줌마는 박스 안에 든 모자, 장갑, 목도리를 꺼내 하나씩 허공을 향해 들어 보였다. 그것들이 옅은 빛에 세심하게 비춰 봐야 할 보석이나 되는 것처럼. 아줌마는 감색 바탕에 노란 털실로 대문자 T 자가 새겨진 털모자를 들어 한참 보더니 투이의 머리에 씌웠다.

"얘가 머리가 커서 모자가 잘 안 맞거든. 근데……." 아줌마는 거기까지 말하고 말을 멈추더니 입을 꾹 다물고 코를 훌쩍였다. 그녀가 울음을 삼키는 모습을 본 건 그때가 처음이었다. 전쟁에 대해 이야기할 때도 표정 하나 바꾸지 않고 담담하게 말했었기에 나는 아줌마 옆에서 어떤 표정을 지어야 할지 알지 못했다. 응웬 아줌마. 나는 그녀의 얼굴을 봤다.

커다란 갈색 눈에 작은 코, 울음을 참느라 아래로 내려간 입꼬리, 미간에 세로로 그어진 두 개의 주름.

나는 입김을 불어 아줌마의 털모자 위로 떨어진 눈덩이를 털어냈다.

"씬짜오." 나는 아줌마의 작은 얼굴을 보며 말했다.

"씬짜오." 응웬 아줌마도 같은 말로 화답했다.

"씬짜오, 투이." 나는 목소리를 조금 더 높여 말했다. 감색 털모자를 쓰고 코가 빨개진 채로 주머니에 손을 넣고 나를 보던 투이의 얼굴. "씬짜오." 투이는 작은 목소리로 답했다.

어쩌면 나는 그런 장면을 기대했는지도 모른다. 아줌마가 우리 집으로 올라가서 우리 식구들과 마지막 인사를 하는 장면을, 아줌마와 투이가 엄마가 떠 준 털모자를 쓰고 그 모습을 엄마에게 보여주는 장면을, 그 둘을 뿌듯하게 바라보는 엄마의 얼굴을 보고 싶었는지도 모른다. 그러나 그런 극적인 장면은 없었다. 그 흔한 포옹도, 입맞춤도, 구구절절한 이별의 수사도 없었다. 그저 안녕, 그 한 마디였을 뿐. 우리는 벤치에서 일어나 외투에 묻은 눈을 털고 길가로 걸어 나갔다. 나는 길을 건넜고, 아줌마와 투이는 건너지 않았다. 내가 집 현관문 앞에 서는 걸 보고서야 아줌마와 투이는 걸음을 옮겼다. 저 모퉁이를 돌면 보이지 않겠지. 나는 현관문 앞에 붙박인 채로 천천히 걸어가는 아줌마와 투이를 바라봤다. 한 번, 두 번, 투이가 고개를 돌려 내 쪽을 바라봤지만 걸음은 멈추지 않은 채였다. 아줌마와 투이는 모퉁이를 돌았고, 나는 더 이상 그들을 볼 수 없었다. 다시 돌아올지 몰라. 나는 현관 앞에 쪼그리고 앉아 그들을 기다렸다. 그들이 오지 않아 나는 투이네 집 앞까지 걸어갔다. 거리에는 아무도 없었다.

시간이 지나고 하나의 관계가 끝날 때마다 나는 누가 떠나는 쪽이고 누가 남겨지는 쪽인지 생각했다. 어떤 경우 나는 떠났고, 어떤 경우 남겨졌지만 정말 소중한 관계가 부서졌을 때는 누가 떠나고 누가 남겨지는 쪽인지 알 수 없었다. 양쪽 모두 떠난 경우도 있었고, 양쪽 모두 남겨지는 경우도 있었으며, 떠남과 남겨짐의 경계가 불분명한 경우도 많았다.

몇 번이나 독일로 출장을 가면서도 나는 플라우엔에 들르지 않았었다. 기차로 두 시간 거리의 라이프치히에서 열흘 동안 체류했을 때도 나는 애써 그곳을 외면했다. 그곳에는 서로를 경멸하는 부모 밑에서 영혼의 밑바닥부터 떨던 아이가 있었고, 단 한 번의 포옹도 없었던 차가운 이별과 혼자 울던 길거리가 있었다. 나는 줄곧 그렇게 생각했다. 헤어지고 나서도 다시 웃으며 볼 수 있는 사람이 있고, 끝이 어떠했든 추억만으로도 웃음 지을 수 있는 사이가 있는 한편, 어떤 헤어짐은 긴 시간이 지나도 돌아보고 싶지 않은 상심으로 남는다고.

엄마가 돌아가신 다음 해에 나는 플라우엔을 찾았다. 엄마의 첫 기일이 일주일 지난, 햇볕은 따뜻하고 바람은 차가운 이른 봄이었다. 도시는 내 기억보다 훨씬 작았고, 이십 년 전보다도 쇠락하여 황량하기까지 했다. 내가 다니던 학교는 작은 공장으로 바뀌어 있었는데 뒤뜰에서 몇몇 노인들이 담배를 피우며 나를 무심히 바라봤다. 변함없는 건 내가 살던 공동 주택이었다. 그 건물은 여전히 그 자리에 그대로 남아 공원을 마주 보고 있었다. 나는 어린 내가 붙어 서 있던 삼 층 창가를 올려다봤다. 그 뒤에 서서 공원을 뛰어다니는 투이를 훔쳐보던 일이 떠올라 슬며시 웃음이 나왔다.

투이가 내게 선물한 스누피 만화책은 아직도 내 방 책장에 있다. 흑백 만화책이지만 우드스탁만은 샛노란색으로 칠해져 있다. 제대로 날지도 못하는 카나리아 우드스탁. 책을 펼쳐 그 노란색 카나리아를 볼 때면, 한 장 한 장 책장을 넘겨 가며 그 작은 새에게 색을 입혀 주려 했던 투이의 따뜻한 마음이 가까이 다가왔다.

투이네 집을 찾는 건 어렵지 않았다. 나는 투이네 집 맞은편 벤치에 앉아 창을 바라봤다. 저 창은 부엌 창이었지. 그 창으로 보이던 공원의 풍경과 부엌에 서서 저녁을 준비하던 호 아저씨의 뒷모습이 희미하게 기억났다. 쌀이 끓던 냄새와 고깃국을 먹을 때 씹히던 고수의 향, 응웬 아줌마가 만들어 주었던 쌀푸딩의 단맛, 투이와 함께 벽에 기대앉아 스누피 만화책을 읽던 그 시간도. 그 시간은 아직도 달콤하고도 씁쓸하게 내 마음의 좁은 수로를 따라 흐르고 있었다. 위태롭게나마 서로를 포기하지 않으려고 애쓰던 나의 부모와 상처받았기에 누구에게도 상처 주지 않으려 애쓰던 응웬 아줌마 부부가 서로에게 노래를 불러 주던 시간이 거기에 있었다.

엄마가 떠났을 때, 그녀를 위해 울어 줄 수 있는 사람은 몇 되지 않았다. "그 앤 어릴 때부터 예민하고 우울했었지." "영리한 애는 아니었던 것 같아." 큰이모와 작은이모마저도 엄마를 그런 식으로 회상할 뿐이었다. 그제야 나는 엄마가 사랑이 많은 사람이라고 말하던 응웬 아줌마를 떠올렸다. 그녀는 세상 사람들이 지적하는 엄마의 예민하고 우울한 기질을 섬세함으로, 특별한 정서적 능력으로 이해해 준 유일한 사람이었다. 아줌마의 애정이 담긴 시선 속에서 엄마는 사랑받아 마땅한 사람으로 보였었다.

아줌마라고 해서 엄마의 모든 면이 아름답게 보였을까, 엄마의 약한 면은 보지 못했을까. 아줌마는 엄마의 인간적인 약점을 모두 다 알아보고도 있는 그대로의 엄마에게 곁을 줬다. 아줌마가 준 마음의 한 조각을 엄마는 얼마나 소중하게 돌보았을까. 그것이 엄마의 잘못도 아닌 일로 부서져 버렸을 때 엄마가 느꼈던 절망은 얼마나 깊은 것이었을까. 내가 아는 한, 엄마는 그 이후로도 마음을 나눌 친구를 쉽게 사귀지 못했었다. 그리웠을 것이다. 말로는 그때의 일들이 잘 기억나지 않는다고 했지만, 엄마를 엄마 자신으로 사랑해 준 응웬 아줌마를 엄마는 오래 그리워했을 것이다.

그저, 가끔 말을 들어 주는 친구라도 될 일이었다. 아주 조금이라도 곁을 줄 일이었다. 그녀가 내 엄마여서가 아니라 오래 외로웠던 사람이었기에. 이제 나는 사람의 의지와 노력이 생의 행복과 꼭 정비례하지는 않는다는 사실을 안다. 엄마가 우리 곁에서 행복하지 못했던 건 생에 대한 무책임도, 자기 자신에 대한 방임도 아니었다는 것을.

연락이 닿았을 때 응웬 아줌마는 믿을 수 없다는 말을 반복했다. "우리 부부는 여기에 계속 살고 있어. 투이는 함부르크에서 일해." 나는 들뜬 아줌마에게 모든 사정을 말하지 않았다. 다만 "엄마는 잘 계시니?"라고 묻는 아줌마의 말에는 거짓으로 답할 수 없었다.

빨간 털모자를 쓴 작은 여자가 현관에서 나와 길 건너편에 섰다. 나는 벤치에서 일어나 길가로 걸어갔다. 우리는 작은 길을 사이에 두고 내내 서로를 바라보고만 있었다. 신호등이 파란불로 바뀌고 나는 길을 건넜다. 나는 아줌마의 눈에서 숨길 수 없는 충격을 봤다. 서른셋의 나는 그때의 엄마와 같은 사람이라고 해도 좋을 정도로 엄마를 빼닮아 있었으니까. 아줌마의 눈에서 나는 나와 함께 여기에 서 있는 엄마를 본다. 응웬 씨, 반갑게 이름 부르며 저쪽 길로 건너가는 엄마의 모습을. 씬짜오, 씬짜오. 우리는 몇 번이나 그 말을 반복한다. 다른 말은 모두 잊은 사람들처럼.

김중혁

2000년 『문학과사회』에 중편 소설 「펭귄뉴스」를 발표하며 작품 활동을 시작했다. 소설집 『1F/B1 일층, 지하 일층』, 『가짜 팔로 하는 포옹』, 『스마일』, 장편 소설 『좀비들』, 『나는 농담이다』, 『딜리터』 등을 썼다. 김유정문학상, 문학동네 젊은작가상 대상, 이효석문학상, 동인문학상, 심훈문학상 대상을 수상했다.

02

요요

나는 관계를 부수는 사람이다. 고리를 끊는 사람이다. 폐허 위에 서 있다. 고등학교를 다니던 내내 차선재의 일기장 맨 앞에는 그 말들이 적혀 있었다.

매일 새벽 3시, 모든 소음이 아래로 가라앉으면 차선재는 잠자리에서 일어나 책상 앞에 앉았다. 책을 읽기도 하고 노트에다 뭔가 적기도 하고 낙서를 하기도 했다. 의미 없는 말들을 주로 적었다. 연필이 하는 말을 따라다녔다. 의자, 창문, 형광등, 새벽의 자전거 소리……. 들리는 것들을 그대로 받아 적었다. 의미 있는 말을 적는 게 무서웠다. 아무런 의미가 없는 새벽 3시부터의 시간이 차선재를 버티게 해 주었다. 6시가 되면 학교 갈 준비를 했다. 학교에 가면 오히려 마음이 편했다. 학교에서는 무의미하기 위해 노력할 필요가 없었다.

중학교 2학년 겨울 방학이 시작될 무렵 부모님이 이혼을 결정했고, 차선재는 모든 게 자신 때문이라고 생각했다. 자기 말고는 다른 원인이 있을 리 없다고 생각했다. 어머니는 결혼하기 전 차선재를 가졌고, 결혼을 반대하던 친정 부모님과 인연을 끊었다. 어머니는 부부 싸움을 할 때면 늘 '선재'라는 이름을 맨 앞으로 내밀었다. 이게 다 선재 때문에 시작된 건데 당신이 나한테 어떻게…… 선재가 없었으면 진작에 당신을……. 차선재는 당장이라도 달려가 부모님 사이에 무릎을 꿇고 자신의 죄를 고해야 할 것 같았다.

어머니와 아버지의 입에 오르내리는 '선재'라는 사람은 자신이 아닌 것 같다는 생각이 들 때도 많았다. 골칫덩어리며 찡겟거리고 없애고 싶은 것들을 뭉뚱그려 '선재'라고 부르는 게 아닌가 싶었다. 대화 속의 선재는 내가 아니야, 내가 아니니까 상관없어. 그렇게 마음을 먹어도 선재라는 이름만 들리면 가슴이 빠르게 뛰고 숨이 가빠 왔다. 차선재는 어머니와 아버지가 싸울 때마다 헤드폰으로 음악을 크게 들으며 고통을 피했다.

아버지와 어머니가 헤어지는 과정을 지켜보는 건, 차선재가 생각했던 것보다 훨씬 끔찍한 일이었다. 헤드폰을 쓰고 피할 수 있는 일도 있지만 그렇지 않은 일이 더 많았다. 아버지와 둘이 살게 되면서부터 차선재는 방에서 잘 나가지 않았다. 아버지의 얼굴이 아니라 아버지의 표정을 보고 싶지 않았다. 아버지의 어떤 표정을 보면 "선재가 없었으면……." 하고 소리 지르던 어머니가 생각났다.

학교에서 돌아오면 빨래나 청소 같은 집안일을 재빨리 끝내고, 아버지가 집에 돌아오기 전에 잠자리에 들었다. 아버지는 매일 11시쯤 집으로 돌아왔다. 11시 전에 잠이 들 때도 있었고, 아버지가 문을 열고 들어오는 소리를 들을 때도 있었다. 깨어 있어도 침대에서 움직이지 않았다. 불을 끄고 잠든 척했다. 아버지는 두 번 노크를 한 다음 문손잡이를 돌렸다. 잠긴 손잡이는 돌아가지 않았다. 아버지는 잠깐 문 앞에 서 있다가 방으로 돌아갔다. 아버지와 둘이 살게 되면서 새벽 3시에 일어나는 생활이 시작됐다.

중학교 3학년 겨울 방학 때 친구들과의 고리도 모두 끊어지고 말았다. 함께 피시방을 다니던 여섯 명의 친구들이 있었는데, 그 친구들과 게임을 할 때면 가끔 소리도 지르고 말이 많아지기도 했다. 그 친구들과 얘기할 때를 빼면 입을 여는 경우가 거의 없었다. 겨울 방학이 끝나 갈 때쯤 친구 중 한 명과 사소한 말다툼을 벌이다가 차선재는 자신도 모르게 주먹을 휘두르고 말았다. 친구의 입술에서 빨간 피가 흘러나왔다. 고등학교로 진학하면서 친구들은 자연스럽게 차선재를 멀리했다.

길에서 우연히 친구들을 만난 적이 있었다. 여섯 명의 친구들은 여전히 몰려다녔고, 차선재는 혼자였다. 차선재가 멀리서 알은체를 했지만 친구들은 인사도 하지 않았다. 그날 밤 집에 돌아와 일기장 맨 앞에다 그 문장을 적었다. 나는 관계를 부수는 사람이다. 고리를 끊는 사람이다.

고등학교 2학년이 되었을 때 차선재는 시계에 몰두하게 됐다.

외삼촌이 생일 선물로 사 준 기계식 손목시계를 어느 새벽 무심코 뜯어보았는데, 거기에 완벽한 세상이 있었다—차선재는 그때까지 시계를 차지 않았다—외부에서 어떤 충격이 와도 절대 와해되지 않을 것 같은 단단한 세상이 있었다. 차선재는 시계가 정확하게 움직이는 원리를 알고 싶었다. 다음 날 장비를 사 들고 와서 시계를 분해하기 시작했다. 베젤과 케이스와 다이얼을 벗기는 데서 멈추지 않고, 차선재는 무브먼트까지 분해하기 시작했다. 세상의 끝이 어디인지 알고 싶었다. 얼마나 작은 세상이 이렇게 큰 세상을 구성하고 있는지 확인하고 싶었다. 그걸 다 분해하고 나면 잘못된 걸 해결할 수 있을 것 같았다.

제일 작은 부품들까지 모두 분해해서 책상 위에 늘어놓는 데 다섯 시간이 걸렸다. 모든 걸 분해하고 나자 갑자기 허무한 마음이 들었다. 차선재는 책상 위에 부품을 늘어놓은 채 잠이 들었다. 다음 날 학교에서 돌아와 시계를 다시 조립하려고 했지만 그렇게 간단한 게 아니었다. 분해하긴 쉬워도 조립하긴 힘들었다. 분해한 역순으로 조립하면 되는 거겠지만 그 순서를 기억하긴 힘들었다. 시계에 대한 책을 사서 한 달을 끙끙댄 끝에 겨우 시계를 조립하는 데 성공했다.

그날부터 새벽 3시가 되면 의미 없는 낙서를 하는 대신 시계를 조립했다. 조립된 시계를 보면 다시 분해하고 싶어졌다. 차선재는 책상 위에 시계 부품을 가지런히 늘어놓았다가 다시 조립하길 반복했다. 저격수들이 총기 분해를 연습하듯 차선재는 시계 분해를 연습했다. 시계 조립에 익숙해지자 차선재는 마치 자신이 시간을 마음대로 움직일 수 있을지도 모른다는 착각에 빠졌다. 분침을 빨리 움직여서 시침을 움직이게 만들고 시침을 빨리 움직이게 만들어서 20년 후를 만들고 싶었다. 20년 후에는 어떤 사람이 되어 있을까. 그때도 폐허 위에 서 있을까. 그때도 여전히 관계를 부수는 사람일까. 시계를 거꾸로 돌려 태어나기 이전으로 돌아가고 싶기도 했다. 그렇게 시계를 한없이 거꾸로 돌려서 모든 게 존재하지 않았던 세상으로 돌아가고 싶었다.

차선재가 지방 대학의 시계 제조 공학과에 입학한다고 했을 때 아버지는 반대했다. 학과가 문제가 아니라 아들이 혼자 지내야 한다는 게 마음에 걸렸다. 시계 제조 공학과라는 학과가 있다는 것도 아들에게서 처음 들었다.

"시계에 관심이 많았냐?"

"예."

"언제부터?"

"오래됐어요."

"거길 나오면 뭘 할 수 있는 거냐. 뭐가 되고 싶은 건데?"

"잘 모르겠어요."

"기껏 시계방 같은 걸 하려고 대학에서 4년 동안 시계 공학을 배우는 건 아닐 테고, 거길 나오면 뭐 장인 같은 사람이 되는 거냐?"

"그냥 시계에 대해 공부해 보고 싶어요."

"그래, 시계에 대해 공부하는 건 좋아. 꿈이 있는 것도 좋고. 없는 것보다 훨씬 좋지. 그런데 그 대학에 가면 너 혼자 지내야 하는데, 아버진 지금 그럴 형편이 안 된다. 학비야 어떻게 해 볼 수 있겠지만 집세까지 내줄 수는 없다."

"기숙사를 알아볼 수 있대요. 그리고 서울에서 오는 학생들에게 주는 장학금도 있대요. 아르바이트도 할 생각이고요."

"아버지가 혼자 있는 건 걱정 안 되니?"

"죄송해요."

"꼭 가야겠어? 너까지 아버지를 혼자 두고 그렇게 가야겠어? 꼭 그래야 돼?"

"그랬으면 좋겠어요."

아버지가 방문을 닫고 나가자 차선재는 혼자 머릿속으로 중얼거렸다. 또, 관계를 부수는 사람이다. 고리를 끊는다. 다시 폐허에서 시작한다. 서랍의 자물쇠를 열고 그 안에 든 시계 무브먼트와 베젤과 다이얼을 꺼냈다. 시계 부품을 숨길 이유가 없었지만 차선재는 시계와 관련된 모든 걸 서랍에 보관했다. 장인들이 그러는 것처럼 작은 칸막이로 나누어진 보관함에다 부품을 종류별로 보관했다. 용돈을 모아서 산 기계식 무브먼트들을 서랍에 보기 좋게 정리하고 나면 하나의 세계를 창조하고 완결한 듯한 기분이 들었다. 차선재는 무브먼트를 손가락으로 만지작거렸다. 시간이 빨리 흘러가길 바랐다.

차선재는 1학년 여름 방학이 지날 때쯤에야 대학 기숙사에 적응할 수 있었다. 지켜야 할 규칙이 많았다. 함께 방을 쓰게 된 이청현에게 적응하는 것도 쉽지 않았다. 몸집이 큰 데다 말이 많은 친구였고, 술 마시는 걸 좋아해서 통금을 어길 때가 많았다. 차선재는 이청현이 기숙사에 돌아오지 않으면 초조했다. 언제 돌아올지 알 수 없다는 게 싫었다. 아버지와 함께 살 때는 방문을 걸어 잠그고 있으면 그만이었지만 기숙사는 달랐다. 불쑥 이청현이 돌아오면 차선재는 무방비 상태로 맞아들일 수밖에 없었다. 차선재는 아예 잠을 자지 않는 날이 많아졌다. 이청현을 기다리지 않고 차라리 깨어 있는 쪽을 택했다. 밤을 새울 거라고 작정하면 오히려 마음이 편했다.

수업이 없을 때면 차선재는 학교를 어슬렁거리거나 구석진 벤치에서 잠을 잤다. 캠퍼스가 넓기로 유명한 학교였다. 숨어 있을 곳이 많아서 좋았고, 아무도 자신을 신경 쓰지 않는 게 좋았다.

가을 축제를 며칠 앞둔 어느 날, 차선재는 인문대 앞 건물을 지나가다가 포스터 하나를 발견했다. '시간을 잡아라—하루를 1년처럼 사는 법'이라는 제목이 고딕체로 커다랗게 쓰여 있었고, 그 아래 '방황하는 이 시대 젊은이들을 위한 명사 특강 제1탄'이라는 부제가 붙어 있었다. 양복을 말끔하게 차려입은 강연자의 사진 아래로 스무 줄이 넘는 이력이 적혀 있었다. 차선재는 한 줄씩 이력을 읽어 내려갔다. 대학을 나왔고, 대학원을 나왔고, 외국에 다녀왔고, 박사가 되었고, 연구소를 차렸고, 또 연구소를 차렸다는 이야기가 탑처럼 높이 쌓여 있었다. 차선재는 마지막 대목에서 피식, 웃고 말았다. '노는청년없는사회만들기 운동본부' 상임 고문이라는 장황한 명칭을 한 자씩 읽다가 웃음이 터진 것이다. 차선재는 옆에 서 있는 여학생 때문에 겨우 웃음을 참았다.

여학생은 비디오카메라를 들고 포스터를 찍고 있었다. 뷰파인더를 들여다보는 여학생의 옆얼굴, 반쯤 뜬 오른쪽 눈과 부드러운 콧등과 꽉 다문 입술을 차선재는 계속 바라봤다. 부드러운 곡선이 리드미컬하게 휘어져 있었다. 반대쪽으로 가서 왼쪽 얼굴도 보고 싶었지만 그럴 자신은 없었다. 포스터 아래쪽을 찍던 카메라가 흔들렸다. 여학생이 웃고 있었다. 차선재는 카메라가 찍고 있던 렌즈의 방향을 따라가 보았다. 어딘지 정확하게 알 수는 없었지만 자신이 보고 웃었던 그 대목이 아닐까 생각했다. 차선재는 포스터를 보다 다시 웃었다. 차선재가 여학생 쪽으로 고개를 돌렸을 때 두 사람의 눈이 마주쳤다.

"이거 들으러 갈 거예요?"

여학생이 대뜸 물었다.

"네?"

차선재는 귀에 꽂고 있던 이어폰을 빼면서 되물었다.

"이 강연 들으러 갈 거냐고요."

"이거요? 모르겠는데요."

"언제쯤 아는데요?"

"뭘 언제 알아요?"

"들으러 갈지 말지 언제쯤 아냐고요."

"잘 모르겠는데요."

"아까 포스터 보다가 웃지 않았어요?"

"저기 읽다가……."

차선재는 손가락으로 이력의 마지막 부분을 가리켰다. 여학생의 눈이 포스터에 가닿았다.

"진짜 웃기는 이름이네. 작명 센스 끝내주네요. 같이 강의 들으러 갈래요?"

"네? 전 별로……."

"같이 가요. 완전 배꼽 빠지게 재미있을 것 같지 않아요? 노는 청년이 되지 않으려면 저런 강의는 꼭 들어야죠."

뜻밖의 제안에 차선재는 어찌해야 할지 몰랐다. 마음을 정할 수 없었다. 가고 싶은 이유와 가지 말아야 할 이유가 여러 개씩 머릿속에 떠올랐다. 가지 말아야 할 이유가 훨씬 많았다.

"전, 장수영이라고 해요. 교내 방송 브이제이예요."

"브이제이요?"

"저는 눈보다 카메라 렌즈로 먼저 보는 게 편해서요. 그쪽은 이름이?"

"전 시계 제조 공학과 1학년 차선재라고 합니다."

"와, 공대생이네. 나 공대생들 좋아해요. 같이 갈 거죠? 5시부터니까 지금 가면 딱 맞겠네."

차선재는 거절하지 못했다. 장수영이 말을 걸어왔을 때부터 차선재는 그 어떤 제안도 거절하지 못할 것을 알고 있었다. 차선재는 장수영의 밝은 에너지가 자신을 둘러싸는 것을 느꼈다. 거절하고 싶지 않았다. 어차피 곧 부서질 관계일 게 뻔하다는 걱정이 들었지만 거절하고 싶지 않았다. 차선재는 못 이기는 척 장수영을 따라갔다.

강연은 믿을 수 없을 정도로 지루했다. 긍정을 강요하는 외침과 시련을 뚫고 앞으로 전진하라는 무의미한 자극이 반복되는 강연이었다. 강연은 지루했지만 차선재는 두 시간 동안 마음껏 웃었다.

장수영은 카메라를 고정해 둔 다음 노트에다 수많은 말들을 적었는데, 차선재는 말없이 글로 얘기를 주고받는 게 좋았다.

재미있어? / 아뇨 / 초면에 반말 미안 / 네 / 내가 선배니까 뭐 / 몇 학년이신데요? / 2학년 / 네 / 학교 일찍 갔어. 나이는 동갑 / 네 / 너도 반말해 / 네 / 저 아저씨는 뭘 자꾸 전진하래 / 그러게요 / 우리가 탱크인가? / ㅋㅋㅋ / 난 저런 얘긴 못 믿겠어 / 어떤? / 아픔을 겪으면 더 성장한다는 말 / 왜요? / 고통을 겪어야 꼭 성장하나 안 아파도 성장하지. 그거 알아? / ? / 고생하고 못 먹으면 키 안 커 / ㅋㅋㅋㅋ / 난 귀하게 자란 애들이 좋아 / 왜요? / 귀하게 자란 애들은 상처가 적거든 / 귀하게 자랐어요? / 묘하게 자랐지 / ㅋㅋㅋㅋ / 너는? / 그냥 자랐어요 / 반말해 / ㅎ / 야, 저 얘기 나왔다, 노는청년없는사회만들기 운동본부 / ㅋㅋㅋ / 이름 진짜 길어 / 줄임말로 할까? / 줄이면 안 돼. 노는 청년 생겨. 다 읽어야 일 생기지 / ㅋㅋㅋ / 대충 다 찍었는데, 나갈까?

차선재는 적지 않고 고개를 끄덕였다. 강연을 들으면서 부쩍 친해진 느낌이 들었지만 다시 밖으로 나오니 말을 꺼내기가 쉽지 않았다. 장수영이 먼저 말을 걸었다.

"잘됐다. 너 인터뷰 하나 뜨자."

"응?"

"오늘 강연 본 소감 말해 봐."

"싫어."

"빨리 해. 찍는다."

장수영이 카메라를 들이댔다. 차선재는 피하지 않았다.

"저에게 의미 있는 강연이었어요. 시간을 잡는 일이 얼마나 중요한 일인지 깨달았거든요. 만약 하루 24시간을 48시간처럼 살 수 있다면, 분신술처럼 두 사람 몫의 삶을 살 수도 있겠다는 생각이 들었어요. 그러면 살면서 정말 후회할 일이 없지 않을까요? 정말 유익한 강연이었습니다."

"너 떨지도 않고 잘한다."

"그래? 잘했어?"

"응. 거짓말 정말 잘한다. 천부적인데? 크크."

차선재와 장수영은 그날 함께 저녁을 먹고 학교 근처의 공원을 산책했다. 차선재는 공원을 걸으면서 지금 보고 있는 것들을 평생 잊지 못할 것 같다고 생각했다. 나무들의 표면과 신발에 닿는 작은 돌멩이들의 감촉과 풀 향기와 어스름한 저녁의 빛깔과 채도를 평생 잊지 못할 것이라는 생각이 들었다. 공원을 둘러싼 하나하나의 요소들이 차선재의 살갗에 박혀서 피부가 되었다.

"손잡고 걸을까?"

말을 끝내자마자 장수영이 손을 잡았다. 차선재는 머리가 어질어질했다. 한겨울 차가운 바깥에 있다가 따뜻한 집으로 들어왔을 때처럼 모든 게 아득했다. 두 사람의 키가 비슷해서 손을 잡고 걷는 게 불편하지 않았다. 차선재는 이렇게 손을 잡은 채 평생 걸어도 좋겠다고 생각했다.

다음 날부터 두 사람은 자주 만났다. 장수영이 행사를 촬영하러 갈 때면 차선재가 짐을 들어 주었다. 끝나고 나면 학교 식당에서 함께 저녁을 먹었고, 산책을 했다. 나무들의 표면이 변하고 풀 향기가 옅어지고 햇빛의 각도가 달라졌지만 산책은 멈추지 않았다. 두 사람이 산책하면서 나눈 얘기들을 다 모으면 라디오 몇 달 치 분량의 방송이 될 정도였다. 어린 시절부터 좋아한 뮤지션이 누구인지, 어떤 배우를 좋아하는지, 앞으로 어떤 삶을 살아가고 싶은지, 배우고 있는 과목 중에 어떤 게 마음에 드는지, 고등학교 때 어떤 선생님을 좋아했는지, 종말이 온다면 어떤 일을 하고 싶은지, 두 사람은 머리에 떠오르는 모든 이야기를 나누었다. 주로 장수영이 말했고 차선재는 조용히 들었다.

차선재는 장수영을 점점 좋아하게 되는 자신의 마음이 못 미더웠지만 그 마음을 막을 수는 없었다. 장수영의 말을 듣고 있다가 어느 순간부터는 자신의 이야기를 하기 시작했다. 어머니와 아버지 이야기도 했고, 시계에 처음 빠져들게 됐던 순간의 이야기도 했다. 마음의 지하 창고에 꽁꽁 싸매 두었던 이야기를 하고 나자 장수영을 더 좋아할 수 있을 것 같다는 생각이 들었다. 장수영은 자신의 모든 마음과 유별난 걱정을 아는 유일한 사람이었다.

"넌 어떤 사람이 되고 싶어?"

가을바람에 겨울의 냉기가 묻기 시작하던 즈음, 잔디밭에 누워서 하늘을 보다 장수영이 물었다. 휴대 전화기 스피커를 통해서 모차르트의 오페라가 흘러나오고 있었다. 소프라노의 목소리가 가을 하늘로 흩어졌다.

"좋은 사람."

오후의 햇살 때문에 눈을 뜨지 못하고 차선재가 대답했다. "좋은 사람이 돼서 뭐 하게?"

"좋은 일 하게."

"어떤 좋은 일?"

"그냥 좋은 일."

"그냥 좋은 일이 어디 있어. 누군가에게 좋은 일이면, 반대편의 누군가에겐 나쁜 일이지."

"그런가?"

"당연하지. 지구는 말야, 커다란 시소처럼 생겼을 거야. 하느님은 시소 중간에 앉아서 균형을 맞추고 계실 거 같아. 좋은 사람 한 명이 생겨나면 반대편에 나쁜 사람 한 명을 만들고, 좋은 일 하나가 생기면 반대편에다 나쁜 일 하나를 만드실 것 같아."

"난 세상이 그렇게 단순할 것 같진 않아. 시계를 분해하다 보면 작은 나사나 헤어 스프링 하나만 사라져도 모든 게 엉망이 돼 버려. 시간도 전혀 맞질 않고……. 시계도 그렇게 복잡한데, 세상이 시계보다 간단하겠어?"

"바보야, 누가 그렇게 간단하대? 비유와 상징으로 말하는 거지."

"공대생이라고 무시하는 거야?"

"누가 무시해. 나 공대생 좋아한다니깐. 멀미과보다는 공대가 훨 낫지."

"멀미과?"

"내가 다니는 과 말야. 멀티미디어 편집과."

"아, 난 또…… 난 이름 줄이는 거 싫더라."

"너도 한번 다녀 봐라. 영상 편집하고 있으면 멀미 난단 말야. 멀미과라는 이름하고 얼마나 딱 맞아떨어지는지 몰라."

"넌 어떤 사람이 되고 싶은데?"

"나는 현모양처."

"하하, 그거야 쉽잖아."

"그게 얼마나 힘든 건데, 현명한 어머니가 되려면 애도 낳아야 하고 좋은 부인이 되려면 결혼도 해야 하고."

"너한테는 힘든 일이긴 하겠다."

"죽을래?"

장수영이 누운 자세 그대로 다리를 들어 차선재의 배를 눌렀다. 차선재가 다리를 밀어내려고 하자 장수영이 차선재의 배 위에 올라탔다. 차선재는 자신의 배 위에 올라탄 채 환하게 웃고 있는 장수영을 보았다. 장수영의 머리 위로 새파란 하늘이, 자신의 넓이를 보여 주겠다는 듯 광대하게 펼쳐져 있었다. 차선재는 눈이 부셔서 손등으로 얼굴을 가렸다. 시계 속 시침과 분침이 직각을 만들어 3시를 가리키고 있었다.

"몇 시야?"

차선재가 물었다. 장수영은 손목을 들어 시계를 보면서 잠깐 기다렸다.

"이제 정확히 3시."

"딱 맞네."

"그럼, 누가 만들어 준 시겐데."

차선재는 손가락 사이로 장수영을 보려고 했지만 햇살이 너무 눈부셨다. 손목시계의 버튼을 눌러서 모든 시간을 멈추게 하고 싶었다. 그냥 이대로 모든 게 정지되었으면 좋겠다고 생각했다. 차선재는 시계를 바라보다 눈이 부셔서 감고 말았다.

겨울 방학이 시작되고 고향 집에 다녀오겠다고 떠난 장수영으로부터 연락이 없자 차선재는 불안한 마음이 들기 시작했다. 악몽의 시작이 아니길 바랐다. 다시 돌아오지 않으면 어떡하나, 하는 생각이 들었을 때 차선재는 고개를 저으며 자신을 나무랐다. 그럴 리가 없으니 그런 마음을 먹는 건 집착이라고 생각했다. 관계를 부수지 않기 위해서는 너무 가깝지도 멀지도 않아야 한다. 차선재는 그 거리를 조절하는 데 익숙하지 않았다.

차선재 역시 방학을 아버지와 함께 보내기 위해 서울로 돌아와 있었는데, 모든 나쁜 조짐은 자신의 방에서 시작되는 건지도 모르겠다는 생각이 들었다. 이 방 때문에 어머니와 아버지가 이혼을 했고, 이 방에 살았기 때문에 친구들을 만나지 않게 됐고, 이 방 때문에 다른 모든 사람과 헤어지게 된 것인지도 모른다는 생각이 들었다. 이 방에 돌아오자마자 여자 친구가 사라졌다. 너는 관계를 부수는 방이다. 고리를 끊는 공간이다. 폐허다. 차선재가 낮은 목소리로 방에게 말했다.

장수영과는 방학 내내 연락이 되지 않았다. 장수영의 고향으로 무작정 찾아가 볼까 싶기도 했지만 집 주소도 전화번호도 아는 게 없었다. 고향에서 장수영을 만나는 것도 내키지 않았다. 만약 장수영에게 그럴 만한 사정이 있는 거라면 그 사정을 알고 싶지는 않았다. 거리 조절이 힘들었다.

차선재는 방에서 나오지 않았다. 아버지는 차선재를 데리고 외출을 하고 싶어 했지만 차선재는 따라나서질 않았다. 어머니와 두 번 만난 게 약속의 전부였다. 저녁이 되면 아버지와 간단한 저녁을 먹고 함께 텔레비전을 보다가 방으로 들어갔다. 차선재는 개학을 손꼽아 기다렸다. 개학을 해서 집을 벗어나면 모든 게 새롭게 시작될 것 같았다. 장수영에게 어떤 사정이 있다 해도 개학을 하면 다시 나타날 것 같았다.

개학을 보름 정도 앞둔 날, 룸메이트 이청현에게 전화가 걸려 왔다. 방학 동안 한 번도 연락을 주고받은 적이 없었다.

"어, 어쩐 일이야?"

"너 기숙사에 편지 하나 와 있어."

"누구한테?"

"걔 같은데, 너 여자 친구."

"수영이?"

"어, 장수영. 소인이 안 찍힌 걸 보니깐 와서 넣어 놓고 갔나 본데?"

"내가 갈게. 잘 가지고 있어."

"내가 집으로 보내 줄까?"

"아냐. 갈게. 가서 전화할게."

차선재는 집 전화로 장수영에게 전화를 걸었다. 전화를 받으면 끊을 생각이었다. 할 얘기가 있어서 전화한 게 아니라 장수영이 거기에 잘 있는지 확인하기 위한 것이었다. 얘기는 편지를 보고 난 뒤에 하고 싶었다. 일단은 잘 있는지, 목소리를 듣고 싶었다. 전에는 신호가 울리긴 했는데, 이번에는 아예 없는 번호라는 메시지가 나왔다. 차선재는 곧바로 집을 나섰다. 버스를 타고 학교로 가는 내내 장수영의 모습을 생각했다. 만나면 무슨 말을 해 줄까. 화를 내고 싶지만 그러지 말자. 무슨 일이 있었던 거겠지. 만나면 그냥 안아 줘야지. 버스를 타고 가는 두 시간 동안 이런저런 생각이 끊이질 않았다.

학교에 도착했지만 차선재는 곧바로 기숙사로 가지 않았다. 편지에 무슨 이야기가 적혀 있을지 겁이 났다. 받아들일 수 없는 이야기가 적혀 있을까 봐, 무서운 이야기일까 봐 겁이 났다. 차선재는 장수영과 함께 걷던 공원으로 먼저 갔다. 장수영이 돌아왔다면 거기에 있을 거라고 확신했다. 멀리서 장수영을 보게 된다면, 그래서 장수영이 아무렇지도 않게 공원 벤치에서 책을 보고 있는 걸 확인한다면, 잔디밭에 누워 하늘을 보고 있는 모습을 발견한다면, 편지를 읽는 마음이 한결 가벼워질 것 같았다. 공원에는 장수영이 없었다.

차선재는 저녁이 되어서야 기숙사에 도착했다. 이청현은 방학 동안 살이 더 쪄 있었다. 불어난 몸에서 그동안의 생활이 보였다. 편지 봉투에는 소인이 없었고 두 개의 이름만 위아래로 적혀 있었다. 아래에는 기숙사 방 번호와 차선재라는 이름이 적혀 있었고 위에는 장수영이라는 이름만 적혀 있었다. 차선재는 이청현과 인사를 나누는 둥 마는 둥 공원으로 다시 향했다. 저녁의 공원에는 아무런 온기도 없었다. 잎이 붙어 있는 나무는 전혀 없었고, 모두들 앙상한 제 몸을 가로등 아래에 드러내고 있었다. 죽은 것처럼 보이는 나무들도 봄이 되면 연둣빛을 쏟아 내겠지. 차선재는 공원을 걸어가면서 손목시계의 베젤을 만지작거렸다. 마음이 조급하고 초조할 때면 베젤을 돌리는 게 버릇이 됐다. 편지를 쉽게 열 수 없었다.

차선재는 군대에서 경계 근무를 설 때면 늘 장수영의 편지를 가슴에 품고 있었다. 시간이 날 때마다 읽고 또 읽어도 그 정확한 뜻을 알 수 없었다. 미묘한 뉘앙스에 담긴 온전한 의미를 장수영에게 꼭 물어보고 싶었다. 편지라는 게 사람의 마음을 전달하기에 얼마나 불완전한 형식인지 새삼 깨달았다. 똑같은 글인데도 어떤 날은 자신을 사랑한다는 말처럼 읽혔고, 어떤 날은 더 이상 자신을 사랑하지 않는다는 말처럼 읽혔고, 어떤 날은 사랑한 적이 없다는 말처럼 읽혔다. 그건 어쩌면 편지의 문제가 아닐 수도 있었다. 편지를 쓴 장수영의 마음이 그렇게 어지러웠기 때문인지도 몰랐다. 제대할 때까지 차선재는 그 편지를 잃어버리지 않았다. 제대할 때쯤이면 모든 일이 잘 풀려서 장수영이 한국에 돌아와 있을지도 모르고, 자신이 장수영을 만나러 갈 수도 있을 것이라고 생각했다. 그런 때가 오면 차선재는 그 편지를 장수영의 눈앞에 내민 다음 한 구절 한 구절, 그 정확한 뜻을 듣고 싶었다.

차선재가 독립 시계 제작자가 되기로 마음먹은 것은 시계 회사에서 10년 동안 일을 하고 난 뒤인 서른여섯 살 때였다. 고장 난 기계식 시계를 고쳐 주는 회사였는데, 하는 일은 마음에 들었다. 멈춘 시계를 다시 돌아가게 만들고, 망가진 부품을 교체해 주는 일은 차선재에게 딱 맞는 일이었다. 사람을 상대할 일이 많다는 게 유일한 문제였다.

시계 회사에 취직을 하자마자 집에서 독립을 했고, 아버지와도 왕래를 하지 않았다. 몇 개월에 한 번 전화 통화를 하는 게 전부였다. 명절이 돼도 찾아가지 않았다. 한때 같은 집에서 살았던 아버지, 어머니, 차선재는 떨어진 채 각자의 자리에서 굳어 버렸다. 차선재는 남는 시간에 자신만의 시계를 만들기 위해 공부를 했다. 모든 부품을 자신이 직접 만드는 제작자가 되고 싶었다. 사람을 상대하고 싶지 않았다. 여러 사람과 함께 일을 하는 게 불편했다. 함께 점심을 먹어야 했고, 팀장에게 보고를 해야 했고, 선임이 됐을 때는 후배들에게 업무를 가르쳐야 했다. 언제 어떤 방식으로 자신이 관계를 부수게 될지 알 수 없었으므로 최소한의 관계만 유지하자고 마음먹었다.

회사를 다니면서 동료들의 성화에 못 이겨 두 명의 여자와 선을 보았는데, 그때도 차선재는 그 무엇도 주도하지 않았다. 사람들의 눈에는 그 선이 보이지 않았지만 차선재의 눈에 그 선은 도로의 노란 중앙선보다도 선명했다. 차선재는 회사를 떠나면서 어떤 관계도 부수지 않았다는 사실이 스스로 대견했다.

독립 시계 제작자가 되려고 한다는 얘기를 했을 때 회사 사람들은 대부분 차선재를 걱정해 주었다. 쉽지 않은 일이라는 걸 모두 알고 있었다. 한편으로는 정반대의 생각을 하는 사람도 있었다. 차선재라면 가능할지도 모르겠다고, 혼자서 하는 일이라면 뭐든지 잘하고 집중력 하나만큼은 끝내주는 친구니까, 어쩌면 가능할지도 모르겠다고 말해 주었다.

차선재는 서울 외곽에다 작은 공방 하나를 마련했다. 혼자서 모든 부품을 만들 생각이었다. 기계 선반을 비롯한 제작 기계와 수리 공구를 샀다. 공방 전세금을 내고 장비를 사는 데 10년 동안 모은 돈을 전부 쏟아부었다.

"어떤 시계를 만들려고?"

팀장이 마지막 악수를 하면서 물었다.

"그냥, 잘 맞는 시계요."

차선재가 머쓱해하며 대답했다.

"그게 제일 힘든 건데, 하하."

"네."

"잘 만들어 보라고."

"그동안 감사했습니다."

차선재는 함께 일했던 동료들에게 일일이 인사했지만 섭섭하거나 아쉬운 마음은 들지 않았다. 그저 장기판의 말이 다른 칸으로 이동하는 기분이었다.

독립 시계 제작자들은 세상에 하나뿐인 자신의 작품에다 특별한 이름을 붙여 준다. 다이얼을 별로 가득 채워 우주처럼 만든 작품에는 '별들의 소용돌이'라는 이름을 붙이고, 시계 판을 거꾸로 단 다음 거울을 통해 시계를 보게 한 작품에는 '타임머신'이라는 이름을 붙이는 식이다.

차선재가 2년 동안 만들어 낸 자신의 첫 번째 작품에 붙인 제목은 '시간은 흐른다'였다. 대부분의 시계는 시침과 분침이 원형의 문자판을 가리키지만 차선재의 시계 속 시간은 오른쪽에서 왼쪽으로 그저 흘러갈 뿐이었다.

시계 박람회에 출품한 「시간은 흐른다」에 외국 바이어들이 관심을 보였고, 그의 시계 세 점은 순식간에 팔렸다. 시계 전문가들은 차선재의 신선한 아이디어를 높이 평가했다. 한 시계 평론가는 "우리는 시간이란 반복되는 것이며 회전하는 것이라 생각한다. 시침과 분침이 회전하는 걸 보면서 매일이 반복된다고 생각한다. 하지만 젊은 시계 장인 차선재는 이 생각에 반기를 들었다. 기술은 아직 부족하고 세련이 필요하지만 그의 시계는 놀랍다. 시간은 그저 흘러갈 뿐이고 다시는 돌아오지 않는다는 진실을, 이 작은 시계에 담았다. 시간은 어디에서 시작되어 어디로 흘러가는 것일까. 이것은 철학적 논증이며 시간의 증명이다"라고 평했다. 차선재는 모든 게 얼떨떨할 뿐이었다. 텔레비전 프로그램에 출연해서 시계에 대해 이야기할 때에도 모든 게 꿈같았다. 자신의 작품에 관심을 보인 시계 회사의 초청으로 스위스에 다녀오면서도 이런 일들이 어째서 일어나게 됐는지 납득이 가지 않을 정도였다.

한국에 돌아와 오랜만에 공방에 앉았을 때 차선재는 막막하기만 했다. 「시간은 흐른다」는 오랜 시간 생각했던 시계였기 때문에 쉽게 만들 수 있었지만 다음엔 어떤 작품을 만들어야 할지 감이 잡히질 않았다. 멍하니 앉아 있는 시간이 많았다. 한참 확인하지 못했던 전자 우편을 정리하다가 차선재는 이상한 편지를 발견했다. 제목과 내용의 글씨가 모두 깨져 있어서 어떤 내용인지 알 수 없었다. 인코딩을 바꿔 보았지만 내용이 드러나지 않았다. 스팸 메일인가 싶어 지우려다 보낸 사람의 메일 주소를 보았다. 아이디가 'csooyoung'이었다. 장수영이 분명했다. 메일에는 웹사이트 주소가 하나 첨부돼 있었다. 차선재는 링크를 따라갔다.

링크의 저쪽 편에는 동영상이 하나 있었다. 동영상 공유 사이트에 장수영의 계정이 있었고, 그 안에 스무 편 정도의 동영상이 업

로드되어 있었다. 장수영을 설명하는 자리에 'Video Artist'라고 적혀 있었다.

동영상의 제목은 「Time of Cloud」였다. 처음에는 파란 하늘만 보이다가 어느 순간 구름이 나타나더니, 빠른 속도로 움직인다. 구름은 파란 하늘 속에서 춤을 추고 있다. 그것은 시간처럼 움직이고 있다. 구름은 어떤 의도가 있는 것처럼, 어떤 형상을 보여 주기라도 할 것처럼, 나타났다가 사라지기를 반복했다. 차선재는 컴퓨터 앞에서 움직이지 않고 장수영이 만든 모든 영상을 보았다. 가장 인상 깊었던 영상은 「Station」이라는 작품이었다. 화면에 기차 한 대가 등장하더니 갑자기 뒤로 달리기 시작한다. 사람들은 정상적으로 움직이는데 기차만 뒤로 달리는 것이다. 그 장면들을 어떻게 찍었는지 궁금해서 몇 번이나 화면을 되감아 보았지만 알아낼 수 없었다. 기차는 수많은 역을 통과해 뒤로 달린다. 마지막 장면에서 기차가 멈추고, 그 기차에서 사람들이 내린다. 마치 그 기차가 타임머신인 것처럼, 시간을 거슬러 가고 싶은 사람들을 그곳에 데려다주는 것처럼.

차선재는 장수영의 전자 우편 주소로 답장을 보내기로 했다. 영어로 편지를 쓰기 위해 밤새 사전을 뒤적였다. 더 정확한 말로, 분명하게 내용을 전달하고 싶었다.

어떤 이유 때문인지 네가 보낸 전자 우편의 내용이 보이질 않아. 네가 올려놓은 영상은 모두 보았어. 너는 그렇게 살고 있었구나. 그동안 무슨 일이 생긴 건지 설명을 듣고 싶어.

인사말을 모두 빼면 이런 내용이었다. 이틀 후에 장수영에게서 답장이 왔다.

어쩐지 그럴 것 같더라. 여긴 베를린이고, 그동안 많은 일이 있었어. 널 보면 좋겠다. 텔레비전에서 널 봤어. 베를린으로 와. 재워 줄게.

장수영이 보낸 인사말과 편지 끝에 붙은 베를린의 주소를 빼면 이런 내용이었다. 어쩐지 그럴 것 같다는 게 뭘 두고 하는 말인지 불분명했지만 그런 건 상관없었다. 차선재는 떨렸다. 장수영을 볼 수 있다는 사실에 떨렸고, 곧바로 달려가고 싶은 마음에 떨렸고, 만나서 할 이야기들을 생각하니 떨렸다. 만나지 않는 게 나을지도 모른다는 생각을 했지만 실망해도 어쩔 수 없는 일이었다. 지금은 거리 조절을 할 때가 아니었다. 차선재는 장수영을 위한 시계를 만들고 싶었다. 장수영을 만나러 가는 길에 그걸 들고 가고 싶었다. 차선재는 장수영에게 곧바로 메일을 보냈다.

베를린에는 언제까지 있을 거야? 3개월 후에 너를 만나러 가고 싶어. 너의 상황이 어떤지 알려 줘.

새로운 시계를 만들기에 3개월은 너무 짧은 시간이었지만 장수영을 만나고 싶은 마음을 억누르기엔 긴 시간이었다. 합리적인 타협점이 3개월이었다. 다시 장수영에게서 메일이 왔다. 3개월 후를 기다리겠다고, 비행기를 예약하고 시간을 알려 주면 공항으로 마중을 나가겠다는 연락이 왔다. 차선재는 비행기를 예약하고 시간을 알려 주었다. 티켓을 프린트해서 공방 벽에다 붙여 두었다.

다음 날부터 곧바로 작업이 시작됐다. 시계의 이름은 'Station'이었다. 장수영만을 위한 시계를 만들어 주고 싶었다. 새로운 아이디어는 아니었다. 「시간은 흐른다」를 위해 디자인했던 시계 구조를 그대로 사용하되 시계 디자인을 옛 기차 모양으로 만들기로 했다. 기차가 거꾸로 움직이던 장수영의 영상처럼 시계 속 기차가 거꾸로 움직이며 흘러가는 것이다. 정시가 되면 기차의 기적과 비슷한 소리로 알람이 울리게 하고, 무브먼트를 살짝 보이게 디자인해서 시계의 톱니가 기차의 바퀴처럼 보이게 할 생각이었다. 차선재는 매일 밤 늦게까지 시계 제작에 매달렸다. 70일이 지났을 때 종착점이 조금씩 보였다. 차선재는 고등학교 때 그랬던 것처럼 시계 초침과 분침을 붙들고 싶었다. 거꾸로 가는 것까진 바라지 않았고 잠깐만 세워 두고 싶었다. 장수영을 빨리 만나고 싶은 마음과 작업 시간을 조금이라도 벌고 싶은 마음이 엇갈렸다.

쉬는 시간엔 장수영의 영상을 보았다. 장수영의 모습이 등장하는 영상은 없었지만 장수영의 그림자가 나오는 영상이 하나 있었다. 카메라를 들고 있는 장수영의 그림자가 화면에 등장할 때마다 차선재는 일시 정지 버튼을 눌렀다. 그림자로 장수영의 모습을 상상해 보았다. 일그러진 흑백의 그림자를 되짚어 온전한 사람의 모습을 완성할 수는 없었다. 하지만 그려 볼 수는 있었다.

아버지가 중환자실로 옮겨진 날은 차선재가 베를린으로 떠나기 일주일 전이었다. 아버지는 의식을 잃고 쓰러진 후 한 시간 만에 병원으로 옮겨졌다. 아버지가 근무하는 경비실의 동료가 아니었다면 그 시간이 더 늦어질 수도 있었다. 병원에서 걸려 온 전화를 받았을 때 차선재는 짜증을 냈다. 아버지를 중환자실로 옮겨야 한다는 말을 들었을 때도, 뇌실질내출혈이라는 병명을 들었을 때도 짜증은 가시질 않았다. 전화를 건 사람이 아버지의 직장 동료였고, 자신의 짜증이 얼마나 어이없는 것인지 알면서도 짜증을 감추기가 쉽지 않았다.

차선재는 병원으로 가서 간단한 수속 절차를 마쳤다. 돈은 아깝지 않았다. 시간이 문제였다. 아버지가 받아야 할 검사가 많았고, 차선재는 아버지의 유일한 보호자였다. 어머니에게도 연락은 했지만 병원에 와서 아버지의 모습을 보게 하는 게 좋을지 확신이 들지는 않았다. 차선재는 낮에 아버지의 검사를 돕고 저녁이면 공방으로 돌아가서 시계를 만들었다. 시계를 만들기 위해서는 어마어마한 집중력이 필요한데 밤의 피로는 생각보다 무거웠다. 출발 사흘 전까지도 시계를 완성하지 못했다.

출발 이틀 전에 차선재는 베를린행을 포기했다. 아버지를 두고 갈 수는 없었다. 위험한 순간은 지나갔고 일반 병동으로 옮기긴 했지만 급박한 순간이 언제 또 닥칠지 알 수 없었다. 차선재는 장수영에게 메일을 보냈다. 자세한 사정은 적지 않았지만 베를린으로 갈 수 없게 됐다는 소식이었고, 언제까지 베를린에 있을 것인지 물었고, 한국으로 들어올 계획은 없는지도 물었다. 진작에 전화번호를 묻지 않았던 게 실수였다. 전화번호를 알고 싶지 않았다. 문득 전화를 걸고 싶어지는 순간이 올 것이고, 그러면 참기 힘들어질 거라고 생각했다. 얼굴과 목소리를 한꺼번에 만나고 싶었다. 장수영이 메일을 빨리 확인하길 바랐다.

차선재는 작업실에 더 이상 가지 않고, 아버지 곁에 있었다. 낮엔 집에 들러 청소와 빨래를 하고, 아버지의 속옷을 챙겨 나왔다. 저녁에는 시계에 대한 책을 보거나 글을 썼다. 장수영에게서 답장은 오지 않았다. 메일이 제대로 간 것인지 확인할 길도 없었다. 차선재는 장수영이 자신에게 화가 났을지도 모른다고 생각했다. 또다시 관계를 부숴다고, 고리를 끊었다고 생각했다. 차선재가 사건의 원인은 아니었지만 다를 게 없었다. 모든 불운의 중심에 자신이 있다는 생각이 들었다.

병원에서는 시계 작업을 할 수 없었다. 차선재가 할 수 있는 건 시계 스케치뿐이었다. 장수영을 위한 「Station」은 더 이상 만들 수 없었다. 동기가 사라졌고, 타이밍을 놓쳤다. 새로운 시계 스케치를 수십 수백 장 그렸지만 마음에 드는 건 없었다.

"미안하구나."

아버지가 작은 목소리로 말했다.

"뭐가요?"

차선재가 퉁명스럽게 대답했다.

"여기 있게 해서."

"괜찮아요."

"가 봐도 돼."

"아니에요. 쉬세요."

아버지는 뭔가 얘기를 더 하려다가 고개도 들지 않은 채 스케치를 하고 있는 차선재를 보고는 그만두었다. 사각거리는 만년필 소리가 아버지의 말을 가로막았다. 차선재는 만년필로 소리를 지르고 있었다. 벌떡 일어나서 침대에 누운 아버지를 향해 소리 지르고 있는 자신이 자꾸 보였다. 차선재는 일어서려는 자신을 계속 끌어 앉히면서 스케치를 했다. 미안하다는 말은 듣고 싶지 않았다. 가 봐도 된다는 말 역시 듣고 싶지 않았다. 만년필이 점점 거칠게 움직였다.

차선재는 힘들게 다음 작품의 주제를 정했다. 병원 침대에 누워 있는 아버지를 보면서 생각한 것인데, 시계의 다이얼에 작은 창을 만들고 그 창으로 60초에 한 번씩 사계절의 형상이 지나가는 모습을 보여 주는 디자인이었다. 봄에는 그 작은 창으로 새 한 마리가 지나가고, 여름이면 창으로 비가 내리고, 가을에는 창 너머로 단풍이 떨어지고, 겨울에는 하얀 눈이 내리는 모습을 보여 주는 것이었다. 창만 내다보고 있는 아버지를 보면서 그 아이디어를 떠올렸을 때, 차선재는 그걸 시계로 만들고 싶지는 않았다. 아버지에게서 아이디어를 얻었다는 게 마음에 걸렸다. 아이디어는 생활에서 나오고, 습관은 뇌를 장악한다. 매일 병원만 들락거리는 생활 속에서 그보다 더 좋은 아이디어가 나올 수 없다는 걸 차선재는 결국 인정했다. 제목은 '사계'로 정했다.

병원에 입원한 지 두 달 만에 아버지는 퇴원을 했고, 차선재는 공방으로 돌아올 수 있었다. 일주일에 한 번 통원 치료를 해야 했는데, 그 정도의 시간을 내는 건 어렵지 않았다. 공방으로 다시 돌아온 것만으로 충분히 행복했다.

공방의 달력에는 베를린행 비행기표가 붙어 있었고, 작업대 위에는 90퍼센트쯤 만들어진 「Station」이 잘 보관돼 있었다. 템포 바퀴를 조립하지 않았기 때문에 시계는 아직 생명을 얻기 전이었다. 시침도 분침도 초침도 조립하지 않은 상태, 「Station」의 내부는 아직 생명을 창조하기 이전의 시간인 셈이다. 차선재는 「Station」을 마저 만들까 생각하다가 그러지 않기로 했다. 「Station」에 시간을 불어넣는 순간 모든 게 너무 빠르게 지나가는 것처럼 느껴질 것 같았다. 붙잡지 못한 순간, 가닿지 못한 순간, 영원히 돌이킬 수 없는 순간을 자꾸만 상기하게 될 것 같았다. 베를린행 비행기표를 찢어서 쓰레기통에 버렸다.

「Station」에 시간을 불어넣는 순간, 그날의 선택을 두고두고 후회하게 될 거라는 생각이 들었다. 누군가에게 아버지를 부탁하고 베를린으로 향하는 비행기를 탔더라면, 그래서 장수영을 만났더라면……. 차선재는 만약을 생각해 보았다. 그랬더라면 뭔가 달라졌을까. 차선재는 고개를 저었다. 베를린행 비행기를 타는 쪽을 선택했더라면, 아마 아버지의 결과가 달라졌을지도 모른다. 선택이 달라지면 결과도 달라진다. 결과를 되짚어 선택을 선택할 수는 없다. 차선재는 유리 관짜로 「Station」을 서랍에 넣었다. 시간이 존재하지 않는 채로 그렇게 죽음을 맞이하게 했다.

「시간은 흐른다」만큼의 호평을 얻지는 못했지만 「사계」 역시 좋은 평가를 받았다. 차선재는 「사계」를 발표한 다음, 이후의 작품에는 특별한 제목을 붙이지 않기로 마음먹었다. 제목이 모든 걸 설명하는 것 같아서, 단어가 형상을 제한하는 것 같아서 그러지 않기로 했다. 대신 간단한 번호를 붙이기로 했다.

차선재가 55세가 됐을 때, 그의 작품 번호가 30번에 이르렀다. 어림잡아 2년에 세 작품씩을 꾸준히 발표한 셈이었다. 호평을 받은 작품도 있었고 평이 좋지 못한 작품도 있었지만 그의 성실함은 모두가 인정했다. 한 시계 회사의 제안으로 차선재는 작품 전시회를 열게 됐다. 처음에는 거절했지만 시계 회사의 요청은 끈질겼다. 차선재는 그동안 제작했던 자신의 모든 작품을 볼 수 있다는 사실에 마음이 조금씩 흔들렸다. 시계 회사는 독립 제작 방식을 해치지 않는 선에서 차선재를 후원하기로 했고, 그동안 팔렸던 차선재의 모든 시계를 대여해 전시회를 열 생각이었다.

두 달 동안 열린 전시회는 성공적이었다. 기계식 시계에 관심이 없던 사람들도 작품이 아름답다는 입소문에 홀려 전시회를 찾았다. 기계식 시계 마니아들에게는 차선재의 초기작부터 최근작을 한눈에 볼 수 있다는 사실만으로도 흡족한 전시회였다. 차선재는 두 달 동안 정신없는 시간을 보냈다. 텔레비전 촬영을 하고 일주일에 한 번 작품 설명회를 했고, 외국의 바이어들을 상대해야 했다.

장수영이 전시장에 찾아온 것은 전시회의 마지막 주간이었다. 차선재는 방송국에서 나온 다큐멘터리 팀과 이야기를 나누고 있었다. 조명이 너무 눈부셔서 바닥을 보고 있었는데, 어떤 그림자를 보는 순간 그게 장수영일지도 모른다는 생각이 들었다. 고개를 들어 눈을 가늘게 뜨고 전시장에 들어와 있던 한 여자를 보았다. 거기에 정말 장수영이 있었다. 수십 년이 지났지만 단번에 알아볼 수 있었다. 오래전에 알던 그 얼굴에다 얇은 막을 수십 개 붙여 놓은 듯했다. 예전보다 얼굴빛은 불투명해졌고, 얇은 막 위로 주름이 늘었지만 표정은 예전 그대로였다. 눈이 마주치자 장수영이 웃었다.

두 사람은 전시장 건너편의 커피숍에 마주 앉았다. 주문한 커피가 나올 때까지 두 사람은 아무 말도 하지 않았다. 차선재는 가끔 한숨을 쉬었고, 장수영은 겸연쩍은 웃음만 지었다. 두 사람은 머릿속으로 수많은 말을 했다. 질문과 대답, 변명과 추측을 수없이 꺼내 놓았다가 다시 제자리에 갖다 놓기를 반복했다. 서로의 얼굴을 보면서 그동안의 시간을 침묵으로 가늠하고 있었다.

"시계 멋지더라."

장수영이 웃으며 말했다. 차선재는 대답하지 않았다. 어떤 대답을 해야 할지 알 수 없었다. 한마디로 10년이 넘는 시간을 압축하는 대화의 1막이 끝났다. 두 사람 사이를 오간 말은 단 한 마디뿐이었지만 더 많은 것들이 그 사이를 휙, 휙 지나갔다. 커피 잔이 다 비어 갈 때쯤 차선재가 입을 열었다.

"한국에 돌아온 거야?"

"응, 작년에."

"잘했네."

"응?"

"잘 돌아왔다고."

"잘한 건가?"

"네가 만든 영상들, 전부 근사했어."

"그래? 좋아하는 사람은 많았는데 그게 돈이 되지는 않더라."

"요즘엔 작업 안 해?"

"가끔."

"어떤 걸 찍어?"

"그냥 지나가는 사람들, 자동차, 아이들, 빌딩, 철교, 그런 거."

"응…… 그렇구나."

"그렇지, 뭐."

"좋았는데……."

"우리 다음에 만나면 술 한잔할까? 오늘은 다른 약속이 있어서. 어때?"

"그래, 좋지."

"잘됐다."

차선재는 장수영이 걸어가는 모습을 한참 보았다. 하고 싶은 말이 더 있었다. 쌓여 있는 말이 많아서 그걸 꺼내 놓기만 하면 될 줄 알았는데, 못 했던 말을 하기 위해서 시간을 되돌리고 싶었던 적도 있었는데, 하지 못한 말이 더 쌓이고 말았다. 높이 쌓아 올린 책 더미에서 밑바닥과 가운데 책을 꺼내기 힘들듯 오래전 얘기를 꺼내기란 쉽지 않았다. 그 얘기들을 꺼내려면 한 줄로 쌓인 모든 얘기를 허물거나 위에 쌓인 이야기를 전부 걷어 내야 한다. 시간이 필요했다. 시간이 남아 있을까. 그 이야기들을 꺼낼 만한 시간이 다시 올까.

걸어가고 있는 장수영의 손을 보았다. 흔들리는 손을 보았다. 저 손을 잡고 함께 걸었다. 내가 잡았던 손이었다. 장수영은 한 번도 뒤돌아보지 않고 걸었다. 장수영도 자신을 보고 있는 차선재의 눈길을 알고 있었다. 한 번 돌아보면서 손을 흔들까 생각했지만 언제쯤 어떻게 돌아야 할지 알 수 없었다. 손을 흔드는 건, 아무래도 어울리지 않는다는 생각이 들었다. 그렇게 계속 걷다 보니 이미 주차장 입구로 향하는 계단으로 내려가 차선재의 시야에서 사라져 버리고 말았다.

공방으로 돌아온 차선재는 작업대 위의 먼지를 꼼꼼하게 제거했다. 작업을 시작하기 전이면 늘 그랬다. 먼지를 하나씩 없애면서 오늘 할 일을 먼지가 있던 자리에 차곡차곡 놓는 식이었다. 먼지를 모두 없애고 책상 앞에 앉았지만 마음이 모이질 않았다. 장수영의 얼굴과 장수영이 했던 말이 헝클어져서 책상 위를 굴러다니고 있었다. 차선재는 장수영의 명함만 만지작거렸다.

장수영의 그림자를 보고 고개를 들 때까지 차선재는 무수하게 많은 생각을 했다. 시간은 가끔 그림자처럼 길어진다. 만약 내 앞에 나타난 사람이 장수영이라면 어떤 말을 해야 할까, 어떤 표정을 지어야 할까, 무엇부터 물어봐야 할까, 그 많은 생각들이 어디선가 한꺼번에 나타났다. 장수영을 만나서 이야기를 하면 잠깐이라도 예전의 그 시절로 돌아갈 수 있지 않을까, 마음껏 웃어 볼 수 있지 않을까, 그런 생각도 들었다. 시간은 그렇게 자비롭지 않았다. 돌아갈 수 없는 시간이었다.

차선재는 서랍에 넣어 두었던 「Station」을 꺼냈다. 태어나지 못한 시계가 고요히 누워 있었다. 차선재는 자신의 시간을 생각했다. 모든 게 아득했다. 손을 뻗으면 닿을 수 있을 것처럼 가깝던 젊은 시절들은 이제 너무 멀어서 흐릿한 윤곽만 보일 뿐이었다. 어떻게 그 시간들을 통과해 왔는지, 어떻게 1초 1초를 지나왔는지 놀라웠다. 지나간 시간들이 쌓여 있는 곳이 있다면 그곳에 가서 그 1초 1초가 어떤 의미들이었는지 확인하고 싶었다.

오래전 장수영의 편지에 그런 내용이 있었다. "네가 만들어 준 시계를 들여다보면서 그런 생각을 했어. 시침과 분침이 겹쳤다가 떨어지는 순간, 그건 멀어지는 걸까, 아니면 다시 가까워지는 중인 걸까. 난 생각했어. 나쁘지 않아. 그래, 나쁘지 않아." 차선재는 그 문장을 자주 생각했다. 그리고 '나쁘지 않아'라고 혼자 중얼거리곤 했다. 그래, 나쁘지 않지.

차선재는 서랍에다 「Station」을 넣어 두었다. 지난 시간을 다시 태어나게 할 마음은 없었다. 돌아갈 수 없었다. 책상을 정리하고 스케치북을 펼쳤다. 만년필로 원을 그렸다. 원 속에 새로운 시간이 흐르게 하고 싶었다. 다이얼과 문자판을 그려 넣는 중에 제목이 떠올랐다. 오랜 시간 제목을 생각하지 않고 번호만 붙인 작품만 만들었는데, 갑자기 제목이 떠올랐다. 그래, 요요로 하자. 가까워지고 다시 멀어지고 다시 가까워지는 시간. 영원을 향해 직선으로 흐르지만 결국 다시 돌아오는, 요요의 시간으로 하자. 그래, 나쁘지 않아. 나쁘지 않아. 돌아갈 수는 없지만 그 시간을 떠올리는 것만으로도 나쁘지 않아. 차선재는 만년필로 새로운 원을 그렸다. 스케치를 하고 또 새로운 원을 그렸다. 원에다 계속 또 다른 시계를 그려 넣었다. 벽에 걸린 시계를 보았다. 새벽 3시였다. 새벽 3시의 시계를 보는 건 오랜만이었다. 고등학교 시절의 방에서, 대학교 때의 기숙사에서 그렇게 자주 만났던 시간인데, 한동안 그 시간을 잊고 지냈다. 시침과 분침이 단정하게 90도의 각을 만들고 있었다. 시침과 분침 사이를 초침이 막 지나고 있었다. 시간이 흐르고 있었다. 차선재는 시간이 언제나 흐르고 있다는 사실이 가끔 믿기지 않았다. 초침이 한 바퀴 돌기를 기다렸다가 차선재는 다시 스케치북을 넘겼다.

이유리

2020년 『경향신문』 신춘문예에
단편 소설 「빨간 열매」가 당선되며 작품 활동을 시작했다.
소설집 『브로콜리 펀치』, 『모든 것들의 세계』 등을 썼다.

03

이구아나와 나

결국 두고 갔구나. 나도 모르게 중얼거리고 나자 그제야 천천히 화가 치밀어 올랐으나 사실 치밀어 오른 것이 정말 화인지 아니면 다른 무엇인지는 알 수 없었다.

신발을 벗고 방으로 올라섰다. 마침 해가 지고 있던 터라 방 안은 온통 저무는 노을의 오렌지빛으로 가득했으며 그 빛 속에 한 사람분의 짐이 빠져나간 자리가 드문드문한 것이 이별 직후의 정경으로는 참으로 아름답고도 모자람 없구나 하는 생각을, 아마 했을지도 모른다. 재호가 두고 간 저것만 없었다면.

재호의 잡동사니가 싹 치워진 책상 위는 깨끗하고 고요했다. 그 위에 덩그러니, 유리로 된 수조 하나가 놓여 있었다. 살금살금 다가가 플라스틱 뚜껑 틈새로 얼굴을 들이밀었다. 혹시 수조만 남겨 놓고 안의 것은 데려간 게 아닐까 하는 헛된 기대를 품어 보았지만 역시나 그럴 리가 없지, 수조 한가운데 길게 놓인 나무토막 위에서 기어이 눈이 마주치고야 말았다. 재호의 이구아나와.

우리는 한참을 서로 노려보았다. 사실 노려본 건 나뿐이고 이구아나는 그저 평소 모양 그대로, 못생긴 고무 장난감처럼 납작 늘어져 나를 바라봤을 뿐이지만. 아무튼 그 손톱만 한 눈부터 시작해 세모꼴로 튀어나온 머리통이며 등줄기에 돋은 삐죽삐죽한 가시, 앙상하게 늘어진 꼬리까지 빠짐없이 알뜰하게 노려보고 있자니 어쩐지 기운이 쭉 빠지는 느낌이었다. 하긴, 노려봐서 뭘 한담. 그런다고 어쩔 수 있는 것도 아니고. 피로하기도 하고 어이없기도 하여 그만 침대에 털썩 걸터앉았는데 뭔가 허전했다. 찬찬히 살펴보니 세상에, 침대 위에 깔려 있던 얇은 극세사 담요가 없었다. 재호가 가져간 것이 틀림없었다. 물론 엄밀히 따지자면야 그 담요는 지난겨울 재호가 산 것이었고 그러니 가져간 것이 잘못은 아니지만, 정말 잘못은 아니지만. 나는 담요가 홀랑 벗겨진 맨송맨송한 침대에 앉아 이구아나 수조를 향해 조용히 읊조렸다. 나쁜 새끼.

사실 알고 있었다. 재호와 헤어지게 된다면, 그래서 재호가 자기 물건을 싸그리 챙겨 가는 날이 온다면 이구아나만은 두고 갈 것이라는 사실을.

그 불길한 낌새는 재호와 동거한 첫날부터 있었다. 동거라고 해서 제대로 살림을 합친 건 아니었고, 그저 내 전셋집에 재호가 몸만 들어온 것이었지만. 나는 재호의 자취방 계약이 끝나 간다는 얘기를 듣자마자 내 집으로 들어오라고 열심히 꼬드겼고, 재호는 그걸 못 이기는 척 승낙했다. 눈치챘겠지만 그 당시 나는 재호에게 속수무책으로 반해 있었다. 사랑하는 재호, 소중한 재호가 오늘부터 내 집에서 함께 산다니. 그 사실이 어찌나 좋았던지, 재호가 가져온 온갖 잡동사니 사이에서 커다란 유리 수조를 보고서도 고작 내가 한 말은 저게 뭐야?였다. 재호는 미간을 찡그리고 대꾸했다. 이구아나잖아. 마치 살림살이 가운데 이구아나 한 마리쯤 있는 게 뭐가 그리 이상하냐는 듯한 말투였다. 되레 말문이 막힌 나는 허리를 꼬부리고 유리 수조 안을 내려다봤다. 물비린내와 고기 상한 냄새가 섞인 듯한 악취가 확 올라왔다. 수조의 네 귀퉁이마다 푸른 이끼가 낀 것이 오랫동안 청소하지 않은 모양이었다. 숨을 참고 찬찬히 들여다보니, 다 썩은 나무토막 밑에 정말로 이구아나 한 마리가 웅크리고 있었다. 긴 꼬리까지 합해 사오십 센티미터쯤 될까, 초록색 생닭 껍질 같은 우둘투둘 얼룩덜룩한 피부며 몸에 비해 너무 짧은 다리가 언뜻 보아도 징그럽기 짝이 없었다. 재호야, 그러니까 지금 이걸, 우리 집에서 키우겠다는 거지? 물으려고 고개를 돌렸을 때였다. 저만치 떨어져 짐을 풀고 있는 재호의 등이 먼저 눈에 들어왔다. 완강한 모양새로 굽은 채 단단히 돌아서 있는 재호의 등. 이구아나 수조와 그 등을 번갈아 바라보다가 나는 하려던 말을 바꾸었다. 얘는 이름이 뭐야? 그러자 재호는 돌아선 채 짤막하게 대꾸했다.

없어. 그냥 이구아나야.

그냥 이구아나? 나도 모르게 되물었으나 재호는 끝내 돌아보지 않았다. 그저 무언가 잡다해 보이는 것을 상자 안에서 끊임없이 꺼내고 있을 뿐이었다. 나는 팔을 늘어뜨린 채 그 모습을 멍하니 바라보다가 이구아나 수조를 들어 책상 한쪽 귀퉁이에 올려놓았다.

물론 그 이구아나가 내가 기대했던 재호와의 행복한 동거 생활에, 지대하진 않아도 어느 정도의 불편을 끼쳤음은 말할 것도 없었다. 우선 이구아나 수조는 안 그래도 좁은 집에 비해 엄청나게 크고 거추장스러웠으며 주기적으로 청소해 주지 않으면 비릿한 냄새까지 풍겼다. 물론 야채 토막이며 깨끗한 물 따위를 수조 구석에 놓아두거나 죽었니 살았니 하며 가끔 들여다보는 일 역시 누군가는 꼭 해야만 하는 것이었다. 재호는 그중 무엇도 하지 않았다. 오히려 이구아나가 꼭 흉측하고 못마땅한 장식품이라도 된다는 듯 본체만체하며 근처에도 가지 않는 것이었다. 결국 잡일들은 고스란히 내 몫이 되고 말았다. 그러나 나는 미련하게도 계절이 몇 번이나 바뀌도록 재호에겐 이구아나의 ㅇ도 꺼내지 않았다. 아무렴 그런 상황에서는 잔소리든 하소연이든 무어라고 한마디쯤은 해도 좋았으련만. 하지만 그때는 그런다고 뭔가 달라질 것 같지도 않았으며 더 솔직히 말하자면 굳이 귀에 거슬리는 얘기를 꺼내 재호의 심기를 거스르고 싶지 않았다.

그리하여 내가 이구아나에 관한 사연을 알게 된 것은 꽤 오랜 시간이 지난 뒤로, 어느 날 저녁상을 물려 놓고 수다를 떨다 각자의 전 연애 이야기가 나왔을 때였다. 전 여자친구에 대해 온갖 험담을 늘어놓던 재호가 갑자기 생각난 듯 이구아나 수조를 손가락질하며 외친 것이었다. 저거, 저거에도 진짜 얼마나 어이없는 일이 있었는지 알아?

그 어이없는 일이란 대략 이런 것이었다. 이구아나는 원래 재호의 전 여자친구가 기르던 녀석인데, 재호는 그때 살던 자취방에서 그 여자와 몇 달가량을 함께 지내게 되었다. 그런데 그 여자가 자기 짐과 함께 이구아나를 데리고 온 거였다. 깜짝 놀란 재호가 이런 것을 키웠느냐 물으니 전 남자친구가 기르다 떠맡기고 간 것이라고 했단다. 그러면서 목에 핏대를 세우며 전 남자친구를 욕했는데, 갑자기 이탈리아로 바리스타 공부를 하러 가겠다며 이구아나를 놔두고 사라졌다나. 그런 황당한 이야기를 들으니 천하의 재호도 이구아나에 대해 따지기가 무엇해 유야무야 넘어가고 말았고, 결국 이구아나는 그 집 방구석 어딘가에 놓이게 되었다는 거였다.

그들은 한동안 그럭저럭 잘 지냈으나 어느 날, 아무 날도 아닌 건 아니고 둘이 큰 싸움을 벌인 다음 날이었다는데, 아무튼 재호가 아르바이트를 다녀와 보니 그 일이 일어나 있었다. 그러니까 집은 텅 비어 있고 이구아나 수조만이 덩그러니 놓여 있었던 것이다. 물론 가만히 있을 재호가 아니므로 바로 전화를 걸어 따졌는데 돌아온 대답이 걸작이었다. 글쎄, 누굴 주든지 어디 갖다 버리든지. 재호는 그 여자의 심드렁한 목소리를 흉내 내며 제법 현실감 있게 그 대사를 읊었다. 그러고는 지금 다시 생각해도 화가 난다는 듯 이를 악물며 덧붙였다. 살아 있는 걸 어떻게 버리라는 거야 진짜.

나는 그저 웃으며 재호의 손등을 쓰다듬었으나 실은 깨닫고 있었다. 두 이야기 사이의 놀라운 유사성을, 그러니까 재호 역시 언젠가 저 이구아나를 내게 버리고 갈 것이라는 자명한 사실을. 하지만 그 깨달음을 확인받는 대신 나는 다른 걸 물었다. 재호야, 그래서 얘는 얼마나 살아? 그러자 방금 전까지도 씩씩 화를 내고 있던 재호는 금세 유순해져 대답했다. 글쎄, 얼마나 살지. 오 년? 십 년?

그러는 동안 이구아나는 우리 등 뒤에 죽은 나무토막처럼 늘어져 있었다. 아무것도 듣지도 알지도 못하며 만일 안다 해도 자신과는 아무 상관없다는 듯한 모양새였다.

"수영장에 키우겠다는 사람 누구 없으려나."

내 이야기를 들은 유진이 말했다. 그러고는 돌아서서 등을 내밀었다. 나는 유진의 수영복 등판에 길게 달린 지퍼를 잡아 올리며 과연, 하고 생각했다. 세상천지 어디에 이구아나 같은 징그러운 것을 키우고 싶은 사람이 있겠나 싶었지만 수영장에서 찾아보면 또 다를지도 몰랐다. 예를 들면 오후에 에어로빅 강습을 듣는 아주머니들이라면 어떨까, 아이들이 좋아할 테니까. 아주머니들의 얼굴을 하나하나 떠올리며 이번에는 내가 유진에게 등을 내밀었다. 유진이 힘주어 지퍼를 올려 주었다.

"준비 운동 내가 할게. 좀 쉬었다 나와. 너 얼굴이 말이 아니다."

유진이 내 양 어깨를 손으로 한 번 꽉 쥐고는 수영장으로 나갔다. 곧 호루라기를 길게 부는 소리가 들렸다. 주저앉아 맞은편의 거울을 보니 정말로, 얼굴이 말이 아니었다. 퉁퉁 부어 묵직하게 내려앉은 눈두덩과 시커멓게 색이 죽어 생기란 전혀 찾아볼 수 없는 양 볼, 뼈에 기분 나쁜 질감의 가죽만 씌워 놓은 듯한 몰골…… 아니 그런데 이거 완전…… 이구아나잖아. 그렇게 자각하자마자 불에 덴 듯 벌떡 일어났다. 의자에 한쪽 다리를 올려놓고 꾹꾹 누르며 종아리와 허벅지를 풀기 시작했다. 준비 운동이 끝났음을 알리는 긴 호각 소리가 들릴 때까지 온몸을 돌리고 주무르고 쥐어짰지만 전혀 개운하지 않았다.

그날 퇴근하는 길에 '이구아나 분양합니다. 프런트에 문의'라고 쓴 종이를 수영장 벽에 붙였다. 며칠을 기다렸지만 데려가겠다는 사람은 없었다.

그러므로 오후에 집에 돌아가면 이구아나는 틀림없이 있었다. 죽게 내버려 둘 수는 없으니 먹이를 주었고 냄새가 나는 건 싫으니 청소를 했지만 그러면서도 내가 뭘 하는 거지, 생각하면 알 수 없었다. 콩알만 한 원룸이라 집 안 어디에서도 이구아나 수조를 볼 수 있었고 밥을 먹으면서도, 빨래를 널면서도 나는 이구아나 쪽을 곁눈질했다. 밤에는 모로 누워 어둠이 도도록이 담긴 수조를 빤히 바라보다 잠들곤 했다.

물론 그러다 벌떡 일어나 앉아 휴대폰을 찾아 들고 재호의 전화번호를 누른 적도 있었다. 재호가 그랬고 재호의 전 여자 친구, 아니 이젠 전전 여자친구가 된 그 애가 그랬듯이 나도 대차게 따져

볼 작정이었다. 하지만 통화 버튼을 누르기 전에 무어라 서두를 시작하면 좋을지, 어떻게 따져야 속이 시원할지를 고민하지 않을 수 없었고, 그러다 결국 그만두고 말았다. 재호가 할 말이란 뻔했으니까. 재호가 그 말을 듣고 말문이 막혔던 것처럼 나 역시 어버버 하며 바보같이 물러서게 되겠지. 끊자마자 괜히 전화했다고 침대를 걷어차며 후회하게 될 거였다. 게다가 혹시나, 내가 재호한테 아직 미련이 있어 이구아나를 핑계 삼아 전화를 걸어 본 거라고 제멋대로 생각하면 어쩐담. 그런 헛생각을 하게 놓아두느니 차라리 평생 이구아나 수발을 드는 게 낫지. 나는 새로 산 겨울 이불에 얼굴을 비비며 고민하다 그냥 고대로 잠들고 말았다.

그렇게 몇 달이 지난 어느 날이었다. 퇴근길에 유진과 술을 마셨다. 마침 내일 주말이니 죽을 때까지 마셔 보자, 하고 의기투합했는데 이 동네에는 갈 만한 술집이 마땅히 없었다. 결국 재호와 자주 갔었던 호프집엘 갔고, 그러다 보니 어쩔 수 없이 재호 이야기를 하게 되었다. 나는 소주를 부은 맥주잔에 젓가락을 내리꽂으며 재호에 대해 있는 얘기 없는 얘기를 다 했다. 항상 새벽까지 시끄럽게 휴대폰 게임을 했던 것, 배달 음식이 오면 식탁에 앉아 내가 포장을 뜯고 음식을 차릴 때까지 지켜보고만 있었던 것, 도대체 바지 주머니에 휴지는 왜 그렇게 뭉쳐 두는 건지 빨래를 돌릴 때마다 세탁기 안이 엉망이 됐던 것까지. 또 뭐가 있더라, 또 어떤 나쁜 짓을 했더라. 입을 부지런히 놀리면서 머리로는 열심히 기억을 더 듣는데 그때까지 묵묵히 듣고만 있던 유진이 갑자기 물었다.

"근데 넌 그런 애를 왜 사귄 거야?"

차라리 내게 욕을 하거나 자리를 박차고 나갔대도 이보다 더 당황스럽진 않았을 것이다. 나는 말을 꿀꺽 삼킨 채 유진의 얼굴을 멍하니 바라보았다. 유진이 비꼬는 것이 아니라 진심으로 궁금하다는 듯한 표정을 짓고 있어 오히려 더 할 말이 없었다. 굳은 내 얼굴을 보고 유진이 급하게 덧붙였다. 우리 이제 나이도 있는데, 언제까지 그런 남자들한테 휘둘리고 살 거야. 안타까워서 그래 안타까워서. 나는 진짜 안타까워하는 것 같은 유진의 얼굴을 멍하니 들여다보다가 얼버무렸다. 그러게, 왜 사귀었지 하하하, 이담엔 좀 제대로 된 애 만나야지, 말하며 잔을 비우고 빈 잔에 다시 열심히 소맥을 말았다.

그러다 집에 돌아온 참이었다. 보는 사람도 없겠다, 옷을 벗어 던지고 팬티 바람이 되어 차가운 방바닥에 사지를 뻗고 누웠는데 그제야 목 아래 깊은 곳에서 뭔가가 울컥, 올라왔다. 서러움도 아니고 화도 아니고 이 기분은 대체 뭐지. 천장을 바라보며 곰곰 곱씹어 보니 아무래도 이건, 그래, 비참함이었다. 나는 벌떡 일어나 앉았다. 그러자 책상 위에 놓아둔 이구아나 수조와 눈높이가 정확히 일치했고 마침 유리벽에 얼굴을 들이밀어 나를 바라보고 있던 이구아나와 눈이 마주쳤다. 그 모습이 꼭 나를 구경하고 있는 것 같아 나는 피식 웃었다.

뭘 잘났다고 보냐. 너나 나나 버림받은 건 마찬가지야.

야, 우린 버림받았다, 그 쓰레기한테.

내가 술 먹어서 하는 말이 아니고, 진짜로 우린 그 쓰레기한테 버려진 거야.

이구아나를 바라보며 말했다. 이구아나는 황금색 눈을 동그랗게 뜨고 나를 똑바로 올려다보고 있었다. 왜 갑자기 그런 용기가 났을까. 나는 충동적으로 수조 뚜껑을 조금 밀어내고 손을 집어넣었다. 평소 수조를 청소할 때는 혹여나 이구아나가 달려들거나 물지 않을까 싶어 멀찍이 피하며 벽면의 이끼나 겨우 닦아 냈지만, 오늘은 술김이라 그런가 하나도 겁나지 않았다. 이구아나의 머리 위로 거침없이 손을 뻗었다.

내심 이구아나가 도망갈지도 모른다고 생각했지만 아니었다. 내 손은 이구아나의 미간이라고 해야 할지 이마라고 해야 할지, 아무튼 양쪽 눈 사이의 판판한 부분에 너무나 쉽게 가 닿았다. 이구아나의 피부는 매끈하고 부드러웠다. 울퉁불퉁한 무늬 탓에 거칠고 까끌거릴 거라고 생각한 것과는 전혀 다른 촉감이었다. 얇고 섬세한 피부 바로 밑으로 단단한 이구아나의 머리뼈가 느껴졌다. 두 손가락을 모아 그 위를 조심스럽게 쓰다듬었다. 그러자 이구아나가 고개를 들었다. 그러고는 앞발로 상체를 버티고 서서 머리를 빳빳하게 치켜들었다. 그 자세로 눈을 꾹 감더니 한참 동안 뜨지 않았다. 좋은 건지 싫은 건지는 몰라도 어쨌든 내 손을 물거나 할퀴지는 않아서 나는 몇 번 더 이구아나의 머리를 앞뒤로 쓰다듬었다. 살아 있구나 이거, 하고 문득 체감했다.

그때였다. 갑자기 손가락 밑에서 작고 나지막한 목소리가 들린 것은.

"저기, 저기요."

나는 소스라치게 놀라 소리 없는 비명을 질렀다. 수조에서 손을 확 빼내고 홀랑 벗고 있던 상체를 양팔로 가렸다. 좁은 방 안을 둘러보았으나 물론 아무도 없었다. 술김에 환청을 들었나. 옆집 소리가 넘어왔는지도 몰라. 겁에 질려 온갖 경우의 수를 생각하는데 밑에서 톡, 톡, 뭔가 단단한 것을 두드리는 소리가 났다. 내려다보니 이구아나가 오른쪽 앞발로 수조 벽을 노크하고 있었다. 나와 눈이 마주친 이구아나는 아주 조심스럽게 말했다.

"갑작스러운 부탁 죄송한데, 혹시…… 저한테 수영을 가르쳐 주실 수 있을까요."

"예? 뭐를요?"

반사적으로 되물은 뒤에야 깨달았다. 내가 지금 이구아나와 대화를 주고받았다는 것을.

나와 눈이 마주친 이구아나는 대답 대신 한쪽 눈을 살짝 감았다가 떴다. 그 표정은 폐를 끼쳐 정말 죄송하지만 피치 못할 사정이라 그만, 하고 변명하는 것처럼 보여 더욱 황당했고 나는 아니 이게 무슨, 무슨 일이야,만 연발하며 벗었던 옷부터 일단 황급히 주워 입었다.

묻고 싶은 게 많았으나 막상 이구아나와 마주 앉으니 무슨 말부터 꺼내야 좋을지 당최 알 수가 없었다. 일단 존댓말을 해야 할지 반말을 해야 할지부터 혼란스러운 것이, 이구아나 나이로는 몇 살인지 몰라도 나보다 어릴 것이 분명한 이구아나에게 존댓말을 하기가 민망했지만 그렇다고 대뜸 반말을 하는 것도 왠지 무례한 일처럼 느껴졌기 때문이었다. 결국 내가 꺼낸 첫마디는 반말도 존댓말도 아니었다.

"저…… 뭐라도 마시면서 얘기……."

"저는 물이면 괜찮아요."

조심스럽게 그렇게 말하기에 주방에 가서 납작한 종지에 찬물을 떠다가 이구아나 앞에 갖다 놓았다. 머리를 숙이고 물을 마시는 이구아나를 가만히 바라보고 있으니 마음이 저절로 복잡해졌다. 이구아나 역시 그랬는지 무언가를 곰곰이 생각하는 눈치더니 한참 뒤에야 운을 떼었다.

"많이…… 놀라셨을 것 같아요."

차분하고 느릿한, 꼭 일찍 철든 어린아이 같은 목소리였다.

"아니, 놀라긴 놀랐는데…… 어떻게 된 일인지부터 좀."

여전히 존대인지 반말인지 분명치 않은 말투로 대꾸했다. 이구아나는 생각을 정리하려는 듯 허공을 잠시 바라보다 물을 조금 더 마셨다. 앞발로 입가를 닦으며 차분하게 말했다.

"궁금한 것을 물어보시면 대답해 드릴 수 있을 것 같아요."

제법 똑똑하군, 생각했고 당연히 가장 궁금한 건 이거였다.

"언제부터 사람 말을 할 수 있었던 거……세요?"

물으며 얼굴이 화끈거렸다. 그러고 보니 지금까지 재호와 일 년 반, 재호 없이 몇 달 해서 이 년가량을 이구아나와 함께 살았는데 물론 이구아나를 보는 눈이라고 의식한 적은 한순간도 없었으므로 그 앞에서 추태라면 추태를 부린 것이 여러 번이었으니까.

"엄청 오래됐긴 한데…… 걱정 마세요, 저 아무것도 안 보고 안 들었어요."

내 생각을 짐작했는지 이구아나가 덧붙였다. 당연히 그 말은 볼 거 다 보고 들을 거 다 들었다는 뜻이었다.

"근데 왜 갑자기 이제 와서…… 말을 하기 시작한 거…… 세요?"

지금까지 거쳐 온 많은 인간을 놔두고 왜 하필 나한테,라는 말은 하지 않았다.

"곧 죽을 것 같거든요. 죽기 전에 하고 싶은 일이 있어요."

"죽어요? 왜요?"

"음, 적절한 돌봄을 받지 못했기 때문이라고 하면 이해하실까요. 오랫동안 햇볕과 영양이 부족한 생활을 해 왔으니까요. 겨우 목숨을 부지하는 정도로 어찌어찌 살아왔지만 이제 그것도 힘든 지경이 된 거죠. 아, 그렇다고 원망하는 건 아니에요. 사정은 다 알고 있으니까요. 참, 제 꼬리 좀 보세요. 지난번 탈피할 때 제대로 허물을 못 벗어서 이렇게 됐답니다."

이구아나가 몸을 돌려 꼬리를 보여 주었다. 끝이 뭉툭하게 끊겨 있었다. 지금까지 몰랐던 게 이상할 정도로 큰 상처였다. 그러고 보니 이구아나를 이렇게 밝은 곳에서 자세히 보는 건 처음이었는데 꼬리뿐만이 아니라 몸 전체가 군데군데 무르고 까진 게 한눈에 보아도 건강한 상태가 아닌 듯했다. 미안하고 부끄러워 말문이 막히고 말았다.

"아무튼 이대로 가면 몇 달 못 살고 죽을 것 같은데, 죽는 거야 두렵지 않지만 죽기 전에 꼭 하고 싶은 일이 있어서 이걸 어찌해야 하나 생각하고 있다가, 아까 갑자기 제게 말도 걸어 주시고 쓰다듬어도 주시길래…… 에라 모르겠다 싶어서. 이 갑갑한 수조 속에서 죽든지, 말하는 이구아나로 서커스단에 팔려 가 죽든지 어차피 매한가지잖아요."

이구아나는 '서커스단'을 발음하면서 애처로운 얼굴로 나를 바라보았다. 정말 그런 곳에 나를 팔아넘기진 않을 거죠, 하고 묻는 듯했다. 나는 절대 그러지 않겠다는 대답 대신 궁금한 것을 물었다.

"그래서 하고 싶으신 일이 뭔데요?"

그러자 이구아나는 바로 그 질문을 기다렸다는 듯이 상체를 꼿꼿이 세웠다. 망설임 없이 대답했다.

"멕시코에 가고 싶어요. 거기까지 헤엄쳐 가려면 먼저 수영을 배워야겠지요."

이게 무슨 황당한 소리람.

나는 입을 벌렸으나 아무 대꾸도 못 한 채 몇 번 뻐끔거리다 고대로 다물고 말았다. 어디서부터 지적해야 좋을지 알 수도 없을 만큼 어이없는 소망이라 말문이 막힌 탓도 있었으나 그보다는 그

단호한 목소리와 자세에서 단박에 알 수 있었기 때문이었다. 이것은 혼자 오랫동안 생각하고 결심한 것이므로 누구도 어떤 말로도 번복시킬 수 없는 그런 종류의 말이라는 것을.

이구아나의 황금색 눈이 나를 똑바로 응시했다. 나는 죄지은 사람처럼 비슬비슬 그 시선을 피했다. 사실 그때까지도 이게 대체 무슨 상황인지 혼란스러웠지만, 어째 이상하고도 골치 아픈 일에 휘말렸다는 것만은 뚜렷하게 알 수 있었다.

이구아나는 멕시코까지 데려다주겠다는 제안을 거절했다. 수영을 가르쳐 주는 것만으로도 차고 넘치게 감사하고 죄송한 일인데다, 그 뒤의 일은 혼자 힘으로 해내고 싶다는 거였다. 막무가내인 이구아나를 붙잡고 한참 실랑이를 벌인 끝에 결국 출발하는 날, 동해안 어느 해변까지만 동행하기로 했으나 기분은 영 찜찜했다.

"멕시코가 얼마나 먼지는 알아요? 거기가 어디라고 혼자 가겠대."

이구아나를 컴퓨터 앞에 올려놓고 구글 맵을 켰다. 동해안 어디쯤을 출발점으로, 멕시코 해안 어디쯤을 도착점으로 삼고 거리를 측정했다. 만 하고도 천오백 킬로미터였다.

"이것 봐요, 이거 서울에서 부산까지 열일곱 번 왕복하는 거린데?"

이구아나는 입을 꾹 다문 채 모니터를 응시했다. 거기 멕시코까지 헤엄쳐 가는 방법이 나와 있기라도 한 것처럼. 그 얼굴을 보니 괜히 마음이 약해지려고 했다.

"꼭 멕시코여야만 해요? 하와이나 발리 같은 곳도 좋다던데."

이구아나가 그냥 따뜻한 휴양지 같은 곳에서 여생을 보내고 싶어 한다고만 생각해서 한 말이었다. 그러나 이구아나는 단호한 눈빛으로 나를 바라보며 고개를 저었다.

"멕시코가 아니면 의미가 없어요."

"왜요? 거기 뭐가 있어요?"

"있죠. 거기 이구아나의 천국이 있거든요."

"뭐가 있다고요?"

잘못 들은 건 아닌 것 같았으나 되물었다. 이구아나는 선선히 설명했다.

"이구아나의 천국이요. 거긴 사시사철 신선한 풀이며 짠물 민물이 지천에 있어서 누구도 먹이 걱정을 하지 않는대요. 그곳 이구아나들은 낮 동안엔 온종일 햇볕 아래에서 쉬거나, 햇볕에 데워진 돌길 위를 배로 밀고 다니며 산책을 한대요. 밤이 되면 아무 바위 틈에나 웅크려 파도 소리를 들으면서 잠을 자고요."

어느새 꿈꾸는 듯한 어조로 말하던 이구아나가 덧붙였다.

"딱 하루만이라도 그렇게 살아 볼 수 있으면, 그다음 날 죽어도 좋을 것 같아요."

"그런 얘긴 어디서 들었어요?"

"엄마한테요. 부화하고 몇 달 정도는 엄마와 함께 지내면서 보살핌을 받았거든요. 사람 말도 그때 배웠구요. 아무튼 엄마는 멕시코의 아름다운 풍경을 열심히 묘사하면서도, 나중에 한번 꼭 가 보라는 말은 한 적이 없어요. 불가능하다고 생각했겠죠. 나중에야 알았는데 제가 태어난 곳은 파충류 전문 펫 숍이더라구요. 엄마도 거기서 나고 자랐으니, 아마 엄마도 멕시코에 가 본 적이 없었을 거예요."

이구아나가 내 손 위에 제 앞발을 턱 얹었다.

"저 역시 당신이 아니었다면 절대 못 가 볼 곳이었겠죠. 정말 감사드려요."

아직 뭘 해 주겠다고 하진 않았는데…… 나는 이구아나를 마주 보며 떨떠름하게 웃었다. 수영이야 가르쳐 줄 수 있지, 내가 먹고 사는 일이 그건데. 하지만 수영을 할 줄 알게 된다고 해서 이구아나를 바다에 띄워 보내는 게 과연 옳은 일일까. 분명 꼴딱 가라앉을 거야, 멕시코는커녕 동해 앞바다도 벗어나지 못하고 죽고 말 거야. 머릿속에 스치는 그런 생각들을 차마 말로 할 수 없어서 나는 그저 이구아나의 앞발을 살살 쓰다듬었다.

이구아나는 당장 시작하고 싶어 했지만, 이구아나를 데리고 갈 수 있는 수영장이 있을 리가 없었다. 고민 끝에 생각해 낸 것이 커다란 김장용 고무 대야였다. 동네 잡화점에 가서 가장 큰 대야를 사 왔다. 고무 냄새가 풀풀 나는 그 시뻘건 대야에 물을 받아 이구아나를 집어넣어 보니 크기가 제법 낙낙하게 맞았다.

내친김에 그날부터 특훈을 시작했다. 우선 물속에서 끊임없이 발장구를 치며 다리 힘을 붙이는 것부터 시작했다. 꼬리를 노처럼 사용해 방향을 조절하는 법, 피로할 땐 사지를 축 늘어뜨리고 둥둥 떠서 쉬는 법도 익혔다. 나는 이구아나의 다리를 양손으로 잡고 힘껏 휘저으며 발차기의 감을 가르쳤다. 이구아나는 가만히 떠서 내가 움직이는 대로 몸을 맡기고 있다가, 손을 놓으면 배운 대로 헤엄쳤다. 옳지, 옳지. 나는 대야를 내려다보고 서서 힘차게 구령을 붙였다. 숨 쉬고! 고개 들고! 잘하고 있어요!

해야 할 일은 수영 강습뿐만이 아니었다. 일단 식단부터 새롭게 짰다. 청경채, 케일, 치커리 등의 신선한 채소는 물론이고 비타민이 적절히 배합된 이구아나 전용 펠릿 사료와 칼슘 파우더도 챙겨 먹였다. 배가 부를 때까지 먹고 난 뒤엔 기초 체력을 붙이고 소화도 시킬 겸 방 안을 빠른 걸음으로 오십 바퀴 돌게 했다. 이구아나는 뭐든지 주는 대로 먹고 시키는 대로 움직였다. 기진맥진해 잠깐 늘어졌다가도 기어이 바득바득 일어나 정해진 횟수를 채웠다. 그 기특한 모습을 보고 있자면 갑자기 근거 없는 희망이 차오르기도 했다. 어쩌면 운이 좋아 하늘이 돕고 땅이 돕는다면, 아니지 이럴 땐 하늘땅보다는 바다가 도와야겠지만, 어쨌든 잘하면 혹시나…… 정말 멕시코까지 갈 수도 있지 않을까. 물론 말도 안 되는 생각이란 건 알고 있었지만 나는 가끔 상상해 보곤 했다. 잔뜩 지치고 야윈 채 멕시코의 어느 해변에 첫발을 디디는 이구아나를.

언제부터인가 우리는 한 침대에서 자기 시작했다. 거칠고 투박하게 생긴 이구아나들이 안 어울리게도 폭신한 촉감을 좋아한다는 것을 처음 알았다. 이구아나는 내 베개 옆에 납작 엎드려 잠들기 직전까지 수다를 떨다가 곯아떨어지곤 했다.

어느 날 밤에는 재호 이야기를 했는데, 헤어지고 나서 재호가 극세사 담요를 싹 걷어 간 이야기를 하자 이구아나는 어둠 속에서 슬쩍 웃었다. 웃으라고 한 얘긴 맞지만 진짜 웃을 줄은 몰랐으므로 입을 삐죽이는데 이구아나가 말했다.

"그분의 전전 여자친구도 그랬어요. 자기 물건을 전부 챙기고선 저만 놔두고 갔죠."

어쩐지 갑자기 할 말이 없어진 나는 이구아나의 뭉툭한 꼬리만 만지작거렸다. 이구아나가 웃으며 덧붙였다.

"인간은 참 빨리 배워요. 그게 인간의 장점이에요."

이구아나는 꼬리를 내 팔목에 비비며 지그시 눈을 감았다. 나는 피식 웃었다. 뭐야, 이구아나 주제에 사회생활도 제법 할 줄 아네. 그새 잠들었는지 고른 숨을 내쉬는 이구아나의 미간을 쓰다듬어 주며 들여다보니, 이제는 이 제멋대로 생긴 얼굴이 제법 귀여운 것 같기도 했다. 그냥 이대로 계속 함께 살면 어떨까. 햇볕 정도야 여기서도 쬐고 살 수 있지 않을까. 멕시코만큼은 아니지만 한국도 여름엔 해가 쨍쨍한 나라니까. 강아지처럼 가슴 줄을 한 이구아나와 뜨거운 햇볕 아래를 걷는 상상을 해 보다 피식 웃었다. 여느 때보다 깊게 자고 개운하게 일어나는 나날이었다.

유진은 힐난하는 눈초리로 나를 빤히 바라볼 뿐 아무 대꾸도 하지 않았다. 그러나 그 눈빛은 이미 내게 많은 말을 하고 있었다. 원래부터 약간 이상한 애라고는 생각했는데 이렇게까지 사이코일 줄은 몰랐네, 뭐 대충 그런 말들을. 하긴 입장 바꿔 생각해 보면 충분히 이해가 되는 반응이었다. 유진이 자기 집 말하는 푸들에게 수영을 가르치고 있다고 한다면 나라도 얘가 미쳤나, 생각했을 테니까.

"농담 따먹기 하려고 보자고 한 거 아니야."

유진은 앞에 놓인 커피잔을 빨대로 휘저으며 딱 잘라 말했다. 나도 농담 따먹기 하자는 거 아닌데, 하고 받아치려다 심상치 않은 기류를 느끼고 그냥 입을 다물었다. 우리는 수영장 일 층에 있는 카페에 앉아 있었다. 유진이 중요한 얘기가 있다며 퇴근하는 나를 붙잡아 데려왔는데 아무래도 분위기가 요상했다. 이윽고 유진이 커피를 쭉 빨아 마시더니 나를 바라보았다.

"나, 수영장 다음 주까지만 나오고 그만둬."

그런 말일 것 같았는데 정말 그런 말이었다. 사실 놀랄 만한 일은 아니었던 것이 며칠 전부터 유진의 태도가 영 이상했다. 매일 오 분 십 분씩 늦게 출근하더니 강습에서는 수강생들을 봐주지도 않고 그저 자유형 배영으로 레인을 왕복시킬 뿐이었으니까. 나도 실은 강습보단 퇴근하고 집에 가서 이구아나와 만날 생각에 더 골몰해 있긴 했지만 그 와중에도 유진의 태도가 눈에 띄게 불성실하다 싶었는데, 결국 그만두는 모양이었다.

"그만두면 뭐 할 건데?"

정말 궁금해서 물은 건 아니었고 그냥 오랜 직장 동료의 퇴사 소식에 으레 곁들이듯 건넨 말이었는데 유진의 눈이 반짝였다.

"나 필라테스 지도자 자격증 땄어. 필라테스 센터 차리려고."

"뭐? 정말?"

"응, 지도자 자격증은 딴 지 좀 됐어. 이 근처에 괜찮은 자리도 봐 놨고."

사실 자격증은커녕 나는 유진이 필라테스를 다녔는지조차 전혀 모르고 있었다. 그런데 갑자기 필라테스 센터를 차리겠다니.

"수영, 솔직히 난 미래 없다고 생각해. 매번 머리 말리고 젖은 옷 들고 다니고, 수영복 입고 남들하고 부대끼고. 누가 좋아하겠어? 운동도 예쁘고 깔끔하게 해야지."

유진이 커피를 쪽쪽 빨며 설명했다. 나는 입을 헤벌리고 듣고만 있었다. '자격증'이라는 단어가 주는 산뜻하고 권위적인 느낌 때문일까. 유진의 말이 갑자기 엄청나게 그럴싸하게 들렸다. 그러고 보니 이 수영장에 취직한 몇 년 전에 비해 수강생이 현저하게 줄어들기는 했고, 동네 번화가에 한 블록 건너 하나씩 필라테스며 요가 센터가 생기고 있었다. 나 같아도 수영과 필라테스 중에 고르라면 필라테스일 것 같았다. 나는 딱 달라붙는 상하의 차림으로 매트 위에 앉아 날개처럼 우아하게 팔을 펼친 유진의 모습을 상상해 보았다. 인정하긴 싫지만 그림이 꽤 괜찮았다.

"너나 나나 명색이 생활 체육 전공인데, 이런 동네 수영장에서 평생 썩으려고 대학 나온 거 아니잖아. 살길 찾아야지. 너도 잘 생각해. 아직 안 늦었어."

유진이 진지하게 말했다. 뻔한 충고였지만 나는 고개를 끄덕였다. 진심으로 그 말이 옳다는 생각이 들었다. 그러나 한편으론 유진이 자격증을 따고 센터를 차릴 만한 목돈을 어디서 얻었는지 궁금해지는 것도 사실이었다. 아마도 유복한 부모를 두었거나 대출을 무리하게 받았겠지. 그러나 그런 생각에 이르자 이번에야말로 진흙을 머금은 듯한 기분이 되었다. 이런 순간에도 나는 고작 이런 생각이나 하고 앉아 있는 사람이구나. 애꿎은 빨대만 질근질근 씹으며 나는 고개를 들지 못했다. 갑자기 아까 이구아나 얘기를 했던 것이 못 견디게 창피했다.

집으로 돌아와 평소처럼 이구아나의 수영을 봐주고 채소를 먹였으나 기분은 나아지지 않았다. 오히려 시간이 지날수록 마음에 얹힌 묵직한 뭔가가 무게를 더해 가는 것 같았다. 나는 끊임없이 아랫입술을 씹어 댔다.

사실, 이대로도 괜찮다고 생각하고 있었다. 수입이 많진 않지만 크게 부족하지도 않았으며 수영은 원래 좋아하고 잘하니까, 이렇게만 계속 살아간다면 나쁘지 않다고 여겼다. 이 일에 뼈를 묻을 작정까진 아니었어도 다른 직업을 찾을 생각은 전혀 해 본 적이 없었다. 하지만 누군가에게는 그 상황이 기어코 벗어난 과거가 되었다는 사실을 깨닫자, 안전해 보이던 발밑이 사실 천 길 낭떠러지였다는 걸 깨달았을 때처럼 갑자기 무섭고 아뜩해진 것이다. 나, 이렇게 위기의식 없이 살아도 괜찮은 걸까. 자기가 삶아지는 줄도 모르고 태평한 냄비 속 개구리처럼, 나도 언젠가 인생이 망했고 이미 돌이킬 수 없게 되었다는 걸 갑자기 눈치채는 날이 오는 거 아닐까.

하지만 그런다고 당장에 어쩔 수 있는 것은 아니었다. 내 기분과 상관없이 시간은 착착 흘렀다. 수영장에서는 유진의 빈자리를 채울 새 수영 강사를 채용했는데, 첫날 만나 보니 아직 어린애 티가 풀풀 나는 대학생이었다. 휴학 기간에만 잠깐 아르바이트를 하는 거라고 했다. 그날 퇴근길에 유진에게 메시지를 보내며 이 이야기를 하니 서너 시간 후에야 답장이 왔다. 황당한 표정으로 어깨를 들썩거리는 토끼 이모티콘 하나가 전부였다.

우울하고 불안한 심정을 잊을 수 있는 유일한 순간은 이구아나와 함께 있을 때였다. 나는 섬세하게 계획을 짜서 움직였고 매일 트레이닝 강도를 조금씩 높여 갔다. 덕분인지 이구아나는 갈수록 수영 실력이 늘었다. 물의 온도를 조금씩 낮추어 가며 적응해 이제는 십 도쯤 되는 찬물에서도 문제없이 몇 시간을 헤엄쳤고, 물에 둥둥 떠서 잠을 자는 법도 익혔다.

사람이 없는 새벽을 틈타 한강에도 몇 번 다녀왔다. 안 되겠다 싶으면 바로 돌아오라고 신신당부했고 여차하면 뛰어들어 건져 낼 각오까지 하고 있었지만 이구아나는 매번 생각보다 쉽게 한강을 가로질렀다. 건너편 둔치에 도착해 이쪽을 바라보는 이구아나에게 나는 손을 흔들어 주었고, 그러면 이구아나는 곧바로 다시 물에 뛰어들어 헤엄쳐 돌아왔다. 물 위로 내민 이구아나의 머리 옆으로 검은 강물이 부드럽게 갈라지는 모양을 나는 팔짱을 끼고 바라보았다. 알 수 있었다, 이구아나가 곧 떠나겠다고 하리란 것을.

마침 날이 서서히 더워지고 있었다. 떠난다면 수온이 높은 여름이 가장 적기인 것은 당연했다. 이 계절을 놓치면 또다시 일 년을 기다려야 할 터였다.

그즈음부터 이구아나는 자기가 얼마나 수영을 잘하느냐고 자주 물었다. 이구아나치곤 잘하긴 하지만 아직 모자란다고 얼버무리면 어디가 부족하고 무엇을 더 익혀야 하겠느냐고 끝까지 매달리며 집요하게 굴었다. 덕분에 얼토당토않은 훈련들만 계속 추가됐다. 몸에 추를 달고 헤엄쳐 보는 건 어때? 물속에서 숨을 참고 버티는 연습은? 장애물을 피해 도망치는 시뮬레이션도 해 봐야지, 상어가 쫓아올지도 모르잖아. 그럴 때마다 이구아나는 순순히 내가 하자는 대로 움직였지만 나 스스로도 이게 억지라는 걸 알고 있었다.

밤이면 잠든 이구아나를 바라보며 생각에 잠겼다. 나는 이구아나가 떠나길 바라는 걸까, 떠나지 않길 바라는 걸까. 그 질문은 곱씹고 곱씹다 보면 어느새 나에 대한 것으로 바뀌어 있었다. 나는 어쩌고 싶은 걸까. 계속하고 싶은 걸까, 그만두고 싶은 걸까. 계속하면 어떻게 되고 그만두면 어떻게 되나. 안으로 깊어지지도, 바깥으로 넓어지지도 못한 채 고이고 고여 단단해지는 그런 생각들을 알처럼 품다가 잠들곤 했다. 마음은 마음대로 괴로웠으나 생각만으로는 아무것도 달라지지 않았다.

결국 어느 날, 이구아나가 결연한 얼굴로 이제 떠날 때가 되었다고 말했을 때 나는 아무 대꾸도 할 수 없었다.

우리는 정오가 되기 전에 경포대에 도착했다.

일기예보대로 맑고 화창한 날이었다. 하늘에는 말 그대로 구름 한 점 없었고 태양빛에 달구어진 공기에서는 짭짤한 바다 냄새가 났다. 해수욕을 하기엔 이른 시간이었지만 주말이었으므로 해변은 꽤 붐볐다. 가벼운 옷차림으로 해변을 거니는 사람들은 다들 그럭저럭 즐거워 보였다. 나는 이구아나가 들어 있는 이동장을 양손에 받쳐 들고 해변을 돌며 사람이 없는 곳을 찾아다녔다. 이미 앉을 만한 곳은 전부 알록달록한 돗자리들로 선점되어 있었다. 괜히 경포대를 골랐나 싶었다. 동해안의 해변 중 기차를 타고 갈 만한 곳을 택했는데 내가 오기 편하면 남들도 오기 편할 거라는 생각을 하지 못한 거였다. 결국 해변 끝자락 후미진 곳에 이동장을 내려놓았을 때는 온몸이 땀에 흠뻑 젖어 있었다.

문을 열자마자 이구아나는 잽싸게 뛰쳐나왔다. 그러고는 뜨거운 모래 위에 네 발을 떡 버티고 서서 눈앞에 펼쳐진 바다를 바라보았다.

한참 뒤 이구아나가 조용히 읊조렸다.

"와, 생각보다 훨씬 더 멋져요."

생전 처음 보는 바다에 호들갑을 떨며 신기해할 줄 알았는데 예상외로 차분하게 가라앉은 목소리였다.

“실제로 보니까 어때? 무섭지?”

내심 무섭다고 말해 주기를 바랐으나 그럴 리가 없었다. 이구아나는 건성으로 고개를 저으며 바다를 바라보는 일에 집중했다. 이제 곧 저기에 뛰어들어 목숨을 건 사투를 벌여야 한다는 것은 잊어버린 듯, 그저 아름답고 경이로운 것을 보는 눈빛이었다. 나는 이구아나 옆에 쪼그려 앉아 밀려왔다 물러가는 파도와 그 아래에서 시시각각 색이 변하는 젖은 모래를 함께 바라보았다. 평소였으면 나 역시 아름답다고 생각했을지 모르지만 지금은 어쩔 수 없이 떠올릴 수밖에 없었다, 얼마 못 가 저 아래 꼬르륵 가라앉게 될 이구아나를.

지금이라도 말리는 게 좋을까.

사실 며칠 전부터 그 생각만 하고 있었다. 어떻게 해야 이구아나가 떠나지 않을까. 울면서 매달리는 건 소용없을 테니 같이 가겠다고 바다에 무작정 뛰어들어 버릴까. 이도 저도 안 되면 아예 집 안에 가둬 버릴 생각까지 했었다. 하지만 그래서 착하고 마음 여린 이구아나가 떠나지 않기로 결정한다면, 이구아나의 삶에는 무엇이 남을까. 거기에까지 생각이 미치자 목구멍과 가슴이 동시에 꽉 막혀 묵직해지는 기분이었다. 나는 애꿎은 모래만 양손 가득 쥐었다 놓았다 했다. 어린애처럼 울며 떼쓰고 싶기도 했고, 섣불리 쓸데없는 말을 해 이별의 순간을 망치고 싶지 않기도 했다.

“고마웠어요.”

이구아나가 조용히 말했다. 꼭 무슨 생각을 하는지 다 알고 있다는 듯한 목소리였다. 나는 대답하려고 입을 열었으나 아무 말도 하지 못했다. 무슨 말을 해도 후회하게 될 것만 같았다.

잠시 후, 이구아나는 천천히 바다를 향해 기어가기 시작했다. 마치 짧은 산책을 나서는 듯 편안하고 똑바른 걸음걸이였다. 파도가 밀려오는 곳에 이르러서는 잠깐의 망설임도 없이 물결 속으로 앞발을 디뎠고, 다음 순간 바닷물에 온몸을 내던지듯 뛰어들었다. 밀려가는 파도에 휩쓸리나 싶더니 곧 중심을 잡았다. 배운 대로 헤엄치기 시작했다. 앞발 뒷발을 번갈아 휘저으며, 고개를 똑바로 들고 정면을 응시하면서.

나는 이구아나가 작은 점이 되어 수평선 너머로 사라지는 모습을 끝까지 지켜보다가 돌아섰다.

기차역으로 향했다. 집으로 돌아가는 표를 끊은 뒤 빈 의자에 앉았다. 옆자리에 놓아둔 빈 이동장을 매만지며 한참을 멍하니 허공의 한 점을 바라보고 있었다. 그러다 문득 생각이 났다. 이름, 그러고 보니 이구아나에게 이름을 지어 주지 않았구나. 그토록 오래 함께 있었고 진심으로 안녕을 빌었는데 정작 이름 하나 붙여 주지 않고 영영 볼 수 없는 곳으로 보내 버렸구나.

후회와 함께 내가 문득 떠올린 것은 아주 오래전, 실은 그다지 오래된 이야기는 아니지만 지금에 와서는 마치 전생의 일처럼 아득히 멀게 느껴지는 어느 오후, 처음으로 이구아나의 이름을 물었던 순간에 보았던 단단하게 돌아선 등이었다. 이상하게도 그 등은 지난 삶 속에서 나에게서 돌아섰던 모든 이들의 모습을 조금씩 다가지고 있는 것처럼 보였고, 나는 옷소매에 기어이 눈물을 찍어 내며 내가 타야 할 기차가 도착할 때까지 웅크리고 앉아 있었다.

장마가 지나고 늦더위가 기승을 부리더니 어느새 한풀 꺾여 가을이 찾아왔다.

수영장에 새로 채용되었던 대학생은 구월이 되자 복학을 핑계로 예고도 없이 일을 그만두었다. 덕분에 새로 사람을 구할 때까지 꼼짝없이 그 빈자리를 홀로 채우게 된 나는 파김치가 되어 집에 돌아오곤 했다. 그래도 유진의 필라테스 센터에 개업 축하 화분을 보내는 일은 잊지 않았다. 유진은 화분을 받자마자 전화를 걸어와 호들갑을 떨며 고맙다고 했다. 그러고는 아직도 수영장에서 일하고 있느냐고 물었다. 나는 긍정도 부정도 아닌 애매한 대답을 길게 늘이다가 전화를 끊었다.

밤에는 몸을 둥글게 말고 누워 잠이 오기를 기다렸다. 몸은 너무 피곤한데 오래 뒤척여도 좀처럼 잠들지 못했다. 그럴 때면 머릿속에 뇌 대신 단단히 엉킨 커다란 실타래가 들어 있는 것 같은 기분이었다. 돌아누울 때마다 나는 끙, 앓는 소리를 냈고 눈을 감았다 뜨면 날이 저 혼자 밝아 있었다.

그러던 어느 날이었다.

여느 날처럼 퇴근하여 집 앞에 도착했을 때였다. 무심코 쳐다본 우편함에 무언가 삐죽이 나와 있는 것을 발견했다. 광고 전단이겠거니 생각하고 바로 버릴 작정으로 휙 당겼는데, 손에 닿은 촉감이 광고지답지 않게 도탑고 보드라웠다. 자세히 보기도 전에 무엇인지 알 수 있었다. 그건…… 엽서였다.

나는 아무 소리도 내지 못한 채 그것을 꼭 쥐고 들여다보았다. 손바닥만 한 직사각형 종이 앞면에 사진이 꽉 차게 인쇄되어 있었다. 낮은 잡풀 더미 사이에 뾰족한 돌이 군데군데 흩어진 들판을 찍은 사진이었다. 잎사귀 넓은 나무 두어 그루 밑에는 샛노란 꽃이 한 아름씩 피어 있었다. 그리고 이구아나들이, 온 사방에 이구아나들이 있었다. 돌 위에 올라간 녀석, 나무에 달라붙은 녀석, 풀숲에 파묻힌 녀석, 모두 저마다 편한 자세로 햇볕을 쬐는 중이었다. 한눈에 보기에도 아무 근심 걱정 없이 느긋하게 살고 있는 건강한 녀석들 같았다.

엽서를 뒤집었다. 가장자리가 꽃과 잎으로 아름답게 장식되어 있었다. 한쪽에는 글씨를 적을 수 있도록 줄이 쳐진 공간이 있었으나 정작 거기에는 아무것도 씌어져 있지 않았다. 대신 그 옆의 빈 공간에 흐릿하게 눌린 자국이 있는 것을 발견했다. 빛에 비춰 보고 나서야 그것이 이구아나의 발 도장이라는 것을 알았다.

잘 도착했구나.

그 사실이 기뻐 고개를 들었을 때였다. 건물 현관 밖에, 거짓말처럼 눈송이가 흩날리고 있었다. 허공이 온통 새하얗게 보일 만큼 굵고 커다란 함박눈이었다. 나는 엽서를 손에 쥔 채 어안이 벙벙하여 바깥을 바라보았다. 방금 전 저곳에서 걸어올 때까지만 해도 아무것도 없었는데, 대체 언제부터 이렇게 푸지게 눈이 오기 시작했는지 알 수 없었다.

나는 현관문을 밀고 나가 눈 속에 오뚝 섰다. 달아오른 뺨과 귓불에 눈송이가 자꾸자꾸 날아와 붙었다. 어딘가에서 아이들이 신이 나 외치는 소리가 들렸다. 나는 목을 뒤로 젖혀 한동안 하늘을 올려다보다, 원래 그러려고 했던 사람처럼 온 길을 되짚어 수영장을 향해 걷기 시작했다.

정용준

2009년 『현대문학』 신인추천으로 작품 활동을 시작했다.
소설집 『선릉 산책』, 『우리는 혈육이 아니냐』, 『가나』,
장편 소설 『내가 말하고 있잖아』, 『프롬 토니오』, 『바벨』, 중편 소설 『유령』,
『세계의 호수』 등을 썼다. 문학동네 젊은작가상, 황순원문학상,
문지문학상, 한무숙문학상, 소나기마을문학상을 수상했다.

04

미스터 심플

1

'구매하고 싶습니다.' 문자를 보내고 새벽 한 시라는 걸 깨달았다. 곧바로 '늦었네요. 아침에 확인해 주세요'라는 말을 덧붙였다. 다룰 줄도 모르는 클래식 기타가 왜 탐이 났던 걸까. 좋아 보였다. 상판에서 좋은 나무의 품격이 느껴졌고 금장 줄감개는 견고해 보였다. 답변이 왔다. '구매 가능하십니다. 지금 화이트 빨래방 앞에서 거래 가능하신지요.' 뭐라고 답할까, 생각하다가 인상을 찌푸렸다. 왜 산다고 했을까. 두 달 넘게 밖에 나가지 않았다. 나갈 일은 많았지만 나갈 힘이 없었고 나가고 싶지도 않았다. 이렇게 지내서는 안 된다는 마음과 모르겠다는 무기력한 마음 사이에 끼어 침대와 책상만 오갔다. 택배 거래는 안 되느냐고 물어보려다 악기는 접수가 안 된다는 사실이 떠올랐다. 비대면 거래로 가능한지 물어볼까 싶다가 자리에서 일어났다. 나가자. 모르는 사람은 아무도 아니다. 물건 주고 물건 받으면 끝. 괜찮으냐, 묻지 않을 거고 괜찮을 거야, 거지 같은 위로도 하지 않겠지. 환기가 필요하다. 빨래도 밀려 있고 일도 밀려 있다. 빨래방. 좋은 핑계다. 좋다는 답변을 보내고 음악을 껐다. 패딩을 걸치고 모자를 쓰고 고요 속에 잠시 앉아 있었다. 기타 판매 글의 상태가 '예약 중'으로 바뀌었다.

판매자는 오른손엔 기타 케이스를, 왼손엔 쇼핑백을 들고 빨래방 앞에 서 있었다. 무릎까지 내려오는 회색 모직 코트에 까만 방한화를 신고 있었다. 작은 키에 통통한 체형이 펭귄을 연상시키는 남자였다. 우리는 눈이 마주치자 동시에 고개를 끄덕였다. 그는 환한 형광빛이 쏟아지는 창문 쪽으로 걸어가더니 바닥에 하드 케이스를 놓고 뚜껑을 열었다. 괜찮습니다. 그냥 주셔도 돼요,라고 했지만 그는 대꾸 없이 기타를 들어 보였다. 사진보다 좋아 보였다. 넥은 휘지 않고 크랙이나 덴트 없는 보디는 깔끔했다. 값을 지불하고 기타를 받았다.

잘 사용하겠습니다.

네.

우리는 인사하고 잠시 서 있었다. 당황했다. 그는 집으로 가지 않았다. 그 역시 내가 가만히 서 있으니 당황한 듯 보였다. 나는 어깨에 멘 백팩과 들고 있던 더플백을 내려놓으며 말했다.

저는 빨래할 게 있어서요.

그는 바닥에 놓은 쇼핑백을 들며 답했다.

아, 저도.

새벽의 빨래방은 아름답다. 기름과 섬유 유연제가 섞인 묘한 냄새. 훈기와 습기가 동시에 느껴지는 공기. 시끄러운 세탁기 소리와 그것을 에워싸고 가만히 눌러 주는 적막과 고요. 어두운 거리가 보이는 환하고 커다란 창문까지. 나른한 몸과 마음으로 가만히 앉아 밖을 보면 쓸쓸해 죽을 것 같은데, 그것도 좋다. 에드워드 호퍼의 그림 속에 있는 것 같은 감상적인 기분까지 든다. 세탁과 건조에 각각 삼십 분. 짧지만 순도 높은 시간이다. 잘 읽히고 잘 써진다. 활자가 눈을 통해 뇌로 바로 인쇄되는 것 같다. 생각과 이미지는 막힘없이 단어와 문장으로 번역된다. 하지만 이상하지. 여기에 오면 좋을 걸 알면서, 이렇게 써지고 읽게 될 것을 알면서, 안 오게 된다. 아니, 그래서 안 오는 것일지도. 좋아지는 것을 원하면서, 좋아지는 나 자신은 원하지 않는 마음. 지친다. 지겹고.

나는 창문이 보이는 의자에 앉았고 판매자는 1번 건조기 옆 의자에 앉았다. 그는 두툼한 벽돌색 커버의 노트를 펼쳐 놓고 손가락 사이에 연필을 끼워 빙글빙글 돌리고 있었다. 세탁이 끝났다는 알람이 울렸다. 그는 이십 킬로그램짜리 세탁기에서 세탁물을 꺼내 건조기에 집어넣었다. 동전을 교환하며 슬쩍 그의 세탁물을 봤다. 양이 적었다. 하얀 셔츠들과 검정 바지 몇 벌이 다였다. 속옷부터 얇은 이불까지 삼십 킬로그램 용량도 부족한 내 것과는 달랐다. 세탁물을 건조기에 구겨 넣고 자리에 돌아가려는데 그가 자라처럼 머리를 앞으로 쑥 빼고 서서 내 자리를 보고 있는 게 느껴졌다. 그의 시선은 내가 번역 중인 원고와 소설책에 고정되어 있었다. 나는 발소리를 내며 그를 스쳐 지나갔고 그는 제자리로 돌아가 앉았다.

원고에 몰두했다. 간만에 생긴 집중력이었다. 시끄러울수록 고요해지는 건조기 소리가 톡톡 등을 밀어 주는 것 같다. 극심한 기후 변화로 인간과 대다수의 육지 동물들이 탈진하거나 얼어 죽는 세계. 열대의 곤충들과 극지의 나무들만 살아남은 상황. 달라진 생태를 설명하는 부분을 통과하는 데에 어려움을 겪고 있다. 생태 관련 전문 용어가 많아 단어를 계속 검색해야 했다. 무엇보다 지나치게 길고 지루해서 넘어가지지가 않았다. 하지만 오늘 반드시 이 부분을 끝낼 것이다. 이상한 느낌. 무심코 뒤를 돌아봤다가 깜짝 놀랐다. 그가 어깨 너머에서 원고와 책을 보고 있었다. 놀란 나는 몸을 움츠렸고 그는 나보다 더 놀란 얼굴로 재빨리 한 발 물러섰다. 그는 붉게 변한 얼굴로 고개를 숙여 사과했다. 놀랐으나 딱히 그가 위해를 가한 건 아니기에 어색하게 미소를 지었다. 그는 머뭇거리며 계속 서 있다가 말했다.

오래전부터 계획한 자살이지, 충동적으로 저지른 절망적 행위가 아니야.

네?

저 책. 『몰락하는 자』, 저도 읽어 봤습니다.

의아한 마음에 찬찬히 그를 살펴봤다. 오십 대 중반 정도로 보였다. 곱슬거리는 머리는 귀를 덮을 정도로 길고 옆머리는 하얗게 셌다. 얼굴빛은 어둡고 잔주름이 많은 눈가엔 작은 물사마귀가 있었다. 눈은 약간 충혈됐고 전체적으로 노란기가 돌았지만 안경 뒤에 숨은 눈빛은 반짝반짝했다. 판매자는 최근 문화 센터를 다니면서 독서와 글쓰기에 취미를 갖게 되었는데 마침 수업 시간에 읽은 책을 발견해 반가운 마음이 들었다고 했다. 토마스 베른하르트가 지하 세계의 몇 명만 아는 마니악한 작가는 아니지만 누군가 빨래방에서 그의 책을 읽고 있다면 나 역시 관심을 가질 것 같았다. 하지만 문장을 외우고 있다니, '조심해야 한다'. 무의식이 경고해 주고 있었다.

강좌 제목이 뭐라고 하셨죠?

인생을 담는 글쓰기요.

인생을 담는 글쓰기라. 제목을 그렇게 달콤하게 지어 놓고 재능 없는 어중간한 예술가들은 차라리 죽어 버리는 게 낫다는 냉소로 가득한 책을 읽히다니, 강사가 어떤 사람일지 짐작이 됐다. 나는 고개를 끄덕이고 잘 알았다는, 이제는 각자 하던 일을 하자는 미소를 지었다. 그는 계속 서 있었다.

혹시 작가세요?

아뇨.

그럼요?

뭐라고 설명해야 할까. 한때 출판사에 있었지만 지금은 외주 받은 원고를 교정 교열 하는 프리랜서고 번역도 하고 있다고 말해야 할까. 그러면 그는 또 묻겠지. 무엇을 번역하느냐. 어떤 원고냐.

출판사에서 일합니다.

아.

이해했다는 건지, 모르겠다는 건지, 그는 고개를 끄덕이면서도 계속 원고를 쳐다봤다. 그때 1번 건조기가 끝났다는 신호음이 울렸다. 그는 건조기 문을 열고 옷 속에 손을 집어넣어 눈을 감고 잠시 있다가 뭔가 마음에 들지 않은 듯 오백 원을 넣었다. 건조기는 사 분간 더 돌았다. 2번 건조기도 멈췄다. 나는 세탁물을 대충 접어 가방에 집어넣었고 남은 손으로 기타 케이스를 들었다. 이제 돌아갈 시간. 그는 무슨 말을 더 하려다 말고 고개를 푹 숙여 인사했다.

잘 사용하세요.

그는 옷깃을 세워 얼굴의 반을 가리고 쇼핑백을 든 채 팔자걸음으로 걸어갔다. 등 뒤에서 가로등 불빛이 비쳤고 그의 앞으로 자신의 키보다 크고 긴 그림자가 놓였다. 그는 그림자 속으로 걸어 들어갔다. 어째서인지 나는 뒤뚱뒤뚱한 그 모습을 오래도록 바라보고 있었다.

2

독촉 메일이 왔고 그중 몇몇에게 답을 했다. 미안하다, 못하겠다,는 문장에서 못하겠다는 부분만 지우고 시간을 더 달라고 했다. 내 상황을 가장 잘 아는 선배도 이제는 약간 짜증이 난 것 같았다. 그는 냉혹할 정도로 옳은 말만 했다.

마음 복잡하고 어려운 것 알아. 그럴수록 일에 전념해야 해. 빨리 털고 일어나자. 계속 그러면 너 진짜 어려워진다.

맞다. 안다. 그런데 내게는 다 털고 다시 시작하는 일보다 질문하지 않는 마음을 갖는 것이 더 어려운 일처럼 느껴진다. H의 죽음은 설명하기 어려웠다. 한동안 사람들이 내게 물었다. 나는 모른다고 했다. 거짓이 아니었다. 나는 몰랐다. 사람들은 더 이상 내게 묻지 않지만 이제는 내가 묻는다. 왜 죽었나. 조깅을 나가기 전 귀에 이어폰을 끼며 손을 흔들던 H의 모습이 뇌리에 또렷이 남아 있다. 저녁에 뭐 먹을지 생각해 놓으라고 했던 말도 거짓이었나. 나를 기만한 것이었나. 아니라면, 그게 아니라면 무엇인가. 무엇이어야 하는가. 이 집. H와 내가 함께 살던 우리의 집. H의 물건들은 내 물건과 함께 그대로 남아 있다. 물컵과 옷, 책과 담배, 신발, 우산, 모자까지. H가 소중히 키우던 화초들은 모두 죽고 나무만 남았다. 버릴 수도 버리지 않을 수도 없어 그대로 뒀다. 시든 풀 위에 환하게 햇빛이 들었고 가끔 혹시 하는 마음에 물을 준다.

자기 연민에 빠진 사람은 되고 싶지 않다. 상처받은 이의 얼굴을 하지 않을 것이다. 할 일을 할 것이고, 잘 자고, 잘 먹고, 잘 지낼 것이다. 맥주잔에 물을 따라 단숨에 들이켰다. 기타를 껴안고 아무 음이나 눌러 봤다. 클래식 기타 특유의 온화한 소리가 어쿠스틱 기타와 확연히 달랐다. 생각 없이 누른 음은 무심결에 입술에 놓고 흥얼거렸던 멜로디를 동기동기 따라갔다. FGA BABEDB AGEGBC. 순간 손이 멈췄다. 누군가가 갑자기 팔목을 붙잡기라도 한 것처럼. 기타를 케이스에 집어넣고 책장 옆에 세워 뒀다. 서둘러 유튜브를 켜고 아무거나 클릭했다. 사람들이 깔깔거렸고 서로에게 장난을 치며 좋아했다. 웃겼다. 화면을 보며 소리 내 웃었다. 내 웃음소리가 내 귀에 들렸다.

판매자 미스터 심플. 뭐 하는 사람이길래 이런 기타를 헐값에 내놓은 걸까. 그의 정보를 눌러 판매 이력을 살펴봤다. 바이올린. 플루트. 보면대. 악기 거치대. 가격은 대부분 만 원이나 이만 원 정도였고 바흐와 쇼팽 같은 클래식 음악이 담긴 CD나 악보는 무료로 나누어 줬다. 때문에 그의 '매너 온도'는 높았다. 사진을 하나씩 넘겨 봤다. 그의 집은 좀 묘했다. 판매하는 물건 뒤로 내부가 조금씩 보였는데 가구나 살림은 보이지 않고 온통 박스뿐이었다. 크기가 같은 갈색 박스가 테트리스 블록처럼 다양한 모양으로 쌓여 있었다. 막 이사를 왔거나 이제 이사를 갈 것처럼 보였다. 새로운 판매 물품이 업데이트됐다. 옷이었다. 하얀 셔츠들과 바지 그리고 슈트. 셔츠는 장당 천 원, 바지는 이천 원, 슈트는 삼천 원이었다. 며칠 전 빨래방에서 세탁한 옷일지도 모른다. 애써 세탁을 하고 천 원 이천 원에 판매를 하는 마음이란 도대체 무엇일까. 웅크린 채 노트에 뭔가를 열심히 쓰고 있던 빨래방에서의 그의 모습이 떠오른다. 기우뚱 흔들리며 사라지던 작고 둥근 뒷모습도. 보낼 생각이 없던 구매 만족 스티커를 보내고 후기도 남겼다. '기타 좋네요. 감사히 잘 쓰겠습니다.' 그 순간 진동이 울렸다. 판매 물품으로 올린 파란색 블루투스 스피커에 관심을 갖는 구매자가 나타났다.

물건을 정리해야 했다. H의 물건은 H의 방에 집어넣었다. 문제는 내 물건. 정확히 말하면 내 것이지만 H의 것이기도 했던 물건. 없애고 싶었지만 방법을 알지 못했다. 버리는 건 싫었다. 쓰레기처럼, 그럴 순 없었다. 망가뜨리는 것도 생각해 봤지만 그건 너무 지나친 액션이라 도중에 자괴감이 들 게 뻔했다. 팔기로 했다. 나와는 함께 있을 수 없지만 다른 이에게는 의미 있게 사용될 거고 혹시 사랑받을지도 모른다. 하지만 막상 구매자와 대화를 나누면 마음이 달라졌다. 판매되었다, 거짓말을 하거나 판매하지 않겠다, 변덕을 부렸다.

H의 방문을 열었다. 그대로 다 있다. 어수선한 채로. 뒤엉킨 채로. H의 움직임을 모양 그대로 간직한 흔적들. 어질러진 책상. 노트와 메모들. 초콜릿 껍질과 호두 두 알. 구겨진 청바지와 돌돌 말

려 바닥을 뒹구는 회색 러닝셔츠. 동그란 얼룩이 남아 있는 베개. 하지만 이상하지. 어디에서도 H의 냄새가 나지 않는다. 침대에 앉아 이불을 들어 코를 대고 맡아 봤다. H는 없다. 죄송합니다. 판매되었습니다,라고 말할 것이다. 구매자를 확인했다.

어? 미스터 심플.

3

빨래방 앞에서 다시 만났다. 그는 저번과 같은 옷을 입고 에코백을 들고 있었다. 예고에 없던 눈이 내리기 시작했다. 쌓이기 좋은 크고 축축한 눈송이였다. 우리는 고개를 끄덕여 인사를 나눴다. 가방을 열어 스피커를 꺼내 그에게 내밀었다. 그는 스피커를 받아들었고 손바닥에 올린 뒤 한참 바라보았다.

어떻게 사용하는지 알려 주실 수 있나요?

블루투스로 연결해서 사용하면 된다고 말했지만 그는 이해를 못 했다. 머리와 어깨에 눈이 쌓이기 시작했다. 눈송이는 더 커졌고 눈발도 거세졌다. 일단 빨래방에 들어갔다. 3번 세탁기가 돌아가고 있었지만 빨래방 안엔 아무도 없었다. 탁자에 스피커를 놓고 전원 버튼을 누른 뒤 휴대폰 블루투스를 켜서 페어링하는 과정을 보여 줬다. 그는 눈을 껌벅이며 보고 있었지만 표정에는 아무 변화도 없었다. 잘 이해했는지 확인차 눈을 마주치면 아, 하면서 형식적으로 고개를 끄덕일 뿐이었다. 그는 스피커를 천천히 에코백에 집어넣었다.

기타는 괜찮던가요?

아, 네. 좋습니다. 마음에 들어요.

다행입니다.

그는 문 앞에 서 있었다. 문을 열고 밖으로 나가야 하는데, 그래야 내가 뒤따라 나갈 수 있을 텐데, 그냥 서 있기만 했다. 그의 눈동자가 초조하게 흔들렸고 뭘 머금고 있는 것처럼 입술이 움찔거렸다. 실례가 안 된다면, 그는 작은 소리로 말했다.

부탁을 하나…… 드려도 될까요?

경계하는 마음으로 대답 없이 다음 말을 기다렸다.

출판사에 계신다니까. 제가 글을 써 봤는데…… 혹시 좀 봐주실 수 있는지.

당황스러웠으나 차분하게 미소를 지었다.

저는 교정 교열만 봅니다.

그래도 저보다는 많이 아실 것 같아서요.

그는 노트를 꺼내 탁자 위에 펼쳤다. 노트에 적힌 글자와 그의 얼굴을 번갈아 쳐다봤다. 놀라울 정도로 아름다운 필체였다. 두 손을 앞으로 공손히 모으고 절실한 눈으로 나를 보는 나이 든 펭귄 한 마리. 세탁기는 멈추지 않고 계속 돌았다. 부담스럽게 형성되는 묘한 침묵에 자꾸 기침이 나오려 했다. 의자에 앉았고 노트를 집어 들었다.

한 남자의 인생 이야기가 여섯 장에 담겨 있었다. 키워드는 실패, 어리석음, 그리고 후회. 고등학교 때 선생님의 권유로 관악 밴드에 들어가 여러 금관 악기를 다루게 되었고 결국 음악의 길로 들어서 시립 교향악단 단원의 삶을 살았다. 선을 보고 여자를 만나 두 달 만에 결혼했고 반년 뒤 아들이 생겼다. 스스로를 무뚝뚝한 남편이자 엄한 아버지였다고 묘사하고 있었다. 아내와 아들은 삼 년을 계획하고 캐나다로 유학을 떠났고 일 년, 이 년, 연장되었다가 나중에는 한국으로 돌아올 수 없다는 통보를 해 왔다. 그때의 감정은 단순하게 '슬펐다'라고만 기술되어 있다. 이십 년 가까이 묵묵히 자리를 지켰던 시향에서 지휘자와 작은 갈등이 있었고 이듬해 부당 해고를 당했다. 그 후 지인의 권유로 음대 입시 학원을 열었다가 사기를 당해 두 달 만에 문을 닫았다. 가진 것을 모두 잃었고 남은 것은 쓸모없는 악기들뿐이었다. 억울한 마음도 없고 화도 나지 않는 날들이 계속되고 있지만 더 살아야 할 이유를 찾지 못하고 있다는 게 결론이었다. 연필로 힘주어 꾹꾹 눌러쓴 작은 글씨들이 지우개로 지운 흔적 위로 희미하게 떠 있었다. 오래된 과거부터 현재에 이르기까지 시간 순서대로 한 줄씩 혹은 한 문장씩 적힌 사건과 진술들. 이랬다, 저랬다, 후회된다, 슬펐다 정도의 짧은 문장 속에서는 디테일을 발견할 수 없었고 감정이나 내면, 개성 같은 것도 찾을 수 없었다. 그나마 마음을 엿볼 수 있는 부분은 '슬프기도 하고 슬프지 않기도 하다' '애를 썼는데…… 나쁜 마음은 없었는데…… 결국 다 실패했고 다 나빠졌다' 정도였다. 자신에게조차 진짜 마음을 내보이는 것을 두려워하며 부정적인 표현을 극도로 꺼리는, 그마저도 숱한 말줄임표 속으로 집어넣는 글쓰기 교실의 전형적인 인생 수기였다.

적당한 칭찬과 약간의 솔직함으로 짧게 의견을 전했다. 인생은 멀리서 보면 희극이지만 가까이서 보면 비극이라는 말이 있다는 말을 시작으로 평범하고 뻔한 인물의 삶이라 할지라도 가까이서 조명하면 사정을 알게 되고 이면과 내면을 발견할 수 있게 된다고 했다.

이 글에도 그런 부분이 엿보이네요. 인생의 무상함과 그것을 깨닫는 소소한 성찰이 좋아 보입니다.

그의 얼굴이 붉게 물들었고 눈이 반짝거렸다.

다만 아쉬운 점은 단순 진술로만 적혀 있어서 디테일을 발견하기가 어렵다는 겁니다. 결혼. 연주. 슬펐다. 답답했다. 이런 단어들에서는 인물의 마음과 감정을 찾기가 어려워요. 그리고 문장에 비문이 많고 맞춤법도 틀린 부분이 있네요. 사전을 참고하시거나 맞춤법 검사기 같은 것으로 검사를 해 보면서 글을 쓰는 습관을 들이면 좋을 것 같습니다.

그는 비문이라는 개념을 빨리 이해하지 못했다. 몇 부분을 손가락으로 짚었다. 그가 연필을 내밀었다. 잠시 망설였지만 그가 쓴 문장 위에 교정한 문장을 적었다. 무의미하게 반복되는 단어들에는 동그라미 표시를 했다.

감정과 마음을 표현할 때 슬펐다, 힘들었다, 이런 단어들만 사용하지 말고 슬플 때 무엇을 했는지, 힘든 마음이란 어떤 모양과 느낌인지 그림을 그리듯 써 보세요.

그는 내내 고개를 끄덕였고 불편함을 느낄 정도로 가까이 다가와 귀를 기울였다.

그래도 잘 쓰셨어요. 뭔가, 뭐랄까, 울림이 느껴졌습니다.

울림이요?

그는 의자에 앉았다. 그리고 잠시 말없이 창밖을 바라봤다. 어두운 얼굴 위로 복잡한 심정이 흐르고 있었다.

다 잃고 원룸으로 이사 왔습니다. 뭘 해야 할지 몰라 하루가 막막했어요. 답답했고요. 무슨 말이든 하고 싶었는데 가족도 없고 직장도 사라지니 말할 사람이 없더군요. 밤이고 낮이고 낯선 동네를 돌아다녔습니다. 그러다 문화 센터에 붙은 글쓰기 강의 포스터를 발견한 겁니다. 팔 주 수업이 끝나면 인생을 담은 자서전을 만들 수 있다는 문구가 눈에 들어오더군요.

세탁기가 멈췄다. 고요해졌고 대화도 자연스럽게 멈췄다. 그는 더 말하고 싶어 했다. 나는 그의 말을 더 듣고 싶은 생각은 없었지만 괜히 마음이 무거웠다. 눈을 돌려 노트를 봤다. 처음에는 허투루 읽었던 마지막 부분이 눈에 들어왔다.

'누군가 내게 당신은 누구입니까?라고 묻는다면 나는 이렇게 답할 것입니다. 내 이름은 슬픔입니다. 나는 아내와 아들을 잃은 남

자입니다. 한때 오케스트라에서 연주를 하는 음악가였지만 지금은 아무것도 아닙니다.'

마지막 문장을 검지로 짚었다.

여기. 좋네요.

네? 다시 한번 이야기해 주세요.

그는 손바닥을 왼쪽 귀 뒤에 대고 작은 반사판을 만든 뒤 코앞으로 다가왔다. 지나치게 가까워진 거리가 부담스러웠지만 천천히 다시 말했다.

이 문장. 좋다고요.

아, 그는 자기가 쓴 글을 남의 글을 읽듯 한참 들여다본 후 부끄러운 듯 작은 목소리로 말했다.

저도 거기가 마음에 듭니다. 그래서 제 아이디가 미스터 슬픔이에요.

심플이신데요?

아, 몇 주 전에 바꿨어요. 키보드를 구매했는데 쿨 거래를 했더니 판매하신 분이 저보고 매너가 좋고 쿨하다면서 슬픔이 아니라 심플이세요, 이렇게 말하는 겁니다. 심플. 심플. 뭔가 마음에 들어서 그때부터 슬픔을 심플로 바꿨어요.

훨씬 낫네요.

세탁물이 가득 담긴 커다란 보자기를 등에 진 두 명의 청년이 빨래방에 들어왔다. 그들은 목소리가 컸고 휴대폰을 통해 들리는 음악 소리는 요란했다. 그와 나는 빨래방을 나올 수밖에 없었다.

잠깐 사이 눈이 쌓였다. 도로와 길이 하얗게 변했고 눈앞은 함박눈으로 어지러웠다. 감사합니다. 조심히 가세요. 이렇게 인사하고 헤어질 타이밍인데, 인사할 틈이 없었다. 그는 계속 질문을 했다. 진술은 어떻게 하나요. 묘사는요. 내게서 무엇인가를 빨아들이듯 묻고 또 물었다. 대답을 하면서도 이제는 그만 가 보겠다는 신호로 조금씩 발걸음을 옮겼다. 잠깐 겪었지만 그는 뻔뻔한 사람은 아니다. 남의 기분을 파악 못 할 정도로 둔하지도 않다. 도리어 남에게 피해 주는 것을 싫어하고 부담 주는 걸 두려워하는 쪽에 가깝다. 그의 물건을 살 때도 내 물건을 팔 때도 그는 말 그대로 심플했다. 그런데 그의 이런 태도를 어떻게 이해해야 할까. 어째서인지 그는 절실해 보였다. 쩔쩔매느라 몸이 경직되어 있었고 얼굴은 민망함과 부끄러움이 뒤섞여 붉게 물들어 있었다. 말하고 숨 쉴 때마다 그의 입에서는 주먹만 한 입김이 만들어졌다. 무리에서 떨어져 이상한 곳까지 걸어와 버린 어리둥절한 펭귄처럼 그는 내 뒤를 졸졸 따라오고 있다. 나는 이 대화를 계속 이어 나가고 싶었다.

식사하셨습니까?

4

호른입니다.

그는 비빔국수를 비비며 말했다. 나는 멸치국수의 국물을 떠먹다 말고 고개를 들었다. 그는 이런 반응이 익숙하다는 듯 악기의 기본 정보와 오케스트라에서의 역할을 대충 설명해 줬다. 호른이 어떻게 생긴 악기인지도 모르고, 호르니스트를 만난 것도 처음이라 호기심이 생겼다. 뜨거운 면발을 후후 불며 검색창에 호른을 입력했다. 악기라기보다 크고 웅장한 기계처럼 보였다. 기네스북에 세상에서 가장 연주하기 어려운 악기로 등재되어 있다는 정보도 나왔다.

어…… 대단하십니다. 굉장히 어려운 악기라고 나오는데.

그렇지도 않아요.

그는 뿌옇게 김이 서린 안경을 벗어 탁자에 올렸다. 시큰둥한 표정을 지은 채 젓가락으로 계란을 둘로 쪼갰다. 노른자를 한쪽으로 두고 흰자만 입에 넣었다. 안경 받침에 눌려 콧대에 두 개의 붉은 점이 찍혔다. 눈 밑이 검고 작은 반점이 눈 주위에 퍼져 있었다. 안경을 벗은 모습은 나이 들고 초라해 보였다.

다 옛날이야기죠. 지나간 일이고.

오케스트라는 왜 그만두셨는지 여쭤봐도 되나요?

그는 젓가락으로 국수를 돌돌 말아 입에 넣었다. 그리고 오랫동안 우물거리며 창밖을 바라봤다. 바람 없는 깜깜한 밤. 조용히 눈이 내렸고, 그보다 더 조용히 쌓이고 있었다.

시향에서는 이 년마다 재계약을 합니다. 실력이 녹슬지 않았는지 평가하는 정기 평정이라는 것이 있어요. 육십 점을 넘어야 다시 계약할 수 있죠. 형식적인 절차예요. 그걸로 해고된 사례는 없었거든요. 그런데 자격 미달이라는 통보를 받았습니다. 저만 그런 건 아니었고 다섯 명이 동시에 자격 미달이란 겁니다. 거기엔 비올라 연주자도 있었는데 국내에서 가장 뛰어난 비올리스트 중 하나였을 겁니다. 지휘자와의 갈등이 있었어요. 우린 본보기였죠. 나름 사건이었어요. 기사도 났거든요.

'시향 부당 해고'를 검색창에 입력해 기사를 봤다. 시청 앞에 마스크를 쓴 세 명이 피켓을 들고 서 있었다. 그중 가장 키가 작은 남자. 딱 봐도 미스터 심플이었다.

뭐, 나중에 부당하다는 판결이 나서 복직할 수 있었지만 돌아가지 않았습니다. 돌아가지 못한 것도 있고.

그는 계란 반쪽을 입에 넣었다. 그리고 한동안 아무 말도 하지 않았다. 나도 묵묵히 국수를 먹었다. 맞은편 테이블엔 여자 둘이 나란히 앉아 휴대폰을 보면서 접시에 담긴 고기만두를 나눠 먹었고 일을 하는 아주머니가 눈 내리는 창밖을 보며 몇 번이고 휴대폰으로 사진을 찍었다. 만두를 찌던 아저씨는 입을 반쯤 벌리고 서서 뉴스를 보고 있었다. 미스터 심플은 의자를 앞으로 바짝 당겨 앉았다.

하시는 일은 재미가 있으십니까?

헛웃음이 났다. 좋으냐는 질문은 받아 봤지만 재미가 있느냐는 질문은 처음이었다.

재미라니요. 그럴 리가요.

글 쓰는 거 왜 이리 어렵습니까? 처음에 글에 인생을 담아야 한

다길래 그걸 어떻게 노트에 다 담나 싶어 고민이었죠. 기록할 게 너무 많을 것 같았거든요. 가장 두꺼운 노트를 샀습니다. 쏟아 낼 게 많으니 받아 낼 것도 커야 했어요. 그런데 보세요.

그는 노트를 꺼내 식탁 위에 올렸다.

여섯 장 썼어요. 이것도 겨우겨우 쓴 겁니다. 글 쓰는 건 좋은데 어떻게 써야 할지 모르겠어요.

말씀하신 것처럼 쓰면 될 것 같은데요. 누구나 자신의 인생을 돌이켜 보면 삶에서 배웠거나 알게 된 것들이 있습니다. 자신만의 철학이랄까, 통찰이랄까. 아무튼 그런 것들을 솔직하게 표현하며 문장으로 하나씩 옮기면 됩니다.

아닙니다. 아니에요. 그는 작은 목소리로 혼잣말을 하듯 중얼거렸다. 그의 얼굴이 점차 굳어 갔다.

이혼하고 상실을 겪고 슬픔을 느꼈다고 대단한 성찰을 한 건 아닙니다. 나이 들면 뭔가 현명해지고 아는 것이 많아질 거라고 생각하죠. 하지만 그건 착각이에요. 모르는 것만 많아지고 그만큼 의문만 깊어집니다.

그는 담배를 피우듯 후우, 소리를 내며 숨을 내쉬었다.

여름에 결혼했습니다. 결혼식 당일 폭우가 쏟아졌어요. 배수로가 다 막혀 도로가 물바다였어요. 주차하기도 힘들어서 식이 난리도 아니었습니다. 멀리서 온 하객들은 제시간에 도착하지도 못했죠. 그때 다들 그러더군요. 결혼식 날 비가 많이 오면 잘산다는데 얼마나 잘살려고 이렇게 복이 쏟아지는 거냐고요. 하지만 보세요.

다 헛소리예요. 고통은 더 큰 고통으로, 실수는 돌이킬 수 없는 결과로 이어지더군요. 그런데 제가 뭘 쓸 수 있겠어요.

나는 내 삶에서 뭘 배웠나. 무엇을 알고 있나. 그래서 얼마나, 얼마큼, 표현할 수 있나. 솔직하게? 순간 마음을 뚫고 무엇인가가 지나갔다. 국수를 먹으려다 젓가락을 움켜쥐었다. 얼마나 힘을 줬는지 관절 마디가 하얘졌다. 그 순간 내 표정에서 무엇이 보였던 걸까. 그가 내 눈치를 살피는 것이 느껴졌다.

저는 그저…… 선생님께서 출판사에 계신다니까 무슨 말이든 하고 싶었습니다. 아무 말이나 듣고 싶었던 것 같기도 하고.

아닙니다. 저도 선생님과 이야기 나누니까 좋네요. 제가 언제 호른 연주자와 이렇게 국수를 먹어 보겠습니까.

그런가요?

그의 얼굴에서 부끄러운 웃음이 스쳐 지나갔다.

호른이라는 악기는 음색이 좀 애매합니다. 금관이면서 목관처럼 낮고 부드러운 소리가 나죠. 그 소리가 오케스트라의 빈 부분을 채워 주고 여러 악기가 뒤섞이며 발생하는 거친 소리를 감싸 줍니다. 그러면서도 힘을 최대한 줄 때는 공연장 전체를 압도할 정도로 큰 소리를 낼 수도 있어요. 말려 있는 긴 관을 통해 소리가 나기 때문에 다른 악기보다 느리고 소리 내는 것도 힘들어요.

거친 소리를 감싸는 소리라. 음, 궁금하네요.

혹시.

그는 남은 말을 잇지 않고 사진처럼 멈춰 있다가 고개를 저으며 중얼거렸다.

아닙니다.

네? 무슨.

선생님 귀찮으실 것 같아서.

귀찮을 것 같다는 말에 약간 두려웠지만 무슨 말을 하려고 저렇게 뜸을 들이나 싶었다. 그는 하려던 말을 끝까지 하지 않을 작정인지 탁자에 묻은 물기를 냅킨으로 닦고 또 닦았다. 궁금해서 살짝 짜증이 났다.

하시려던 말씀이 무엇인지…… 궁금해서요.

그는 한참 뜸을 들이다가 말했다.

소리 듣고 싶으시면 들을 수 있어요. 지금.

5

예고 없는 폭설에 세상이 하얗게 변했다. 차도와 인도가 구분되지 않고 자동차는 사람보다 느리게 다녔다. 새들이 돌덩이처럼 나뭇가지에 웅크리고 앉아 그대로 눈을 맞고 있고 주인 없는 까만 개 두 마리가 뭐가 그리 즐거운지 차도를 달리고 있었다. 미스터 심플은 구부정하게 몸을 웅크린 채 걸어갔고 나는 그 뒤를 따라갔다. 그는 종종 걸음을 멈춰 내가 잘 따라오는지 확인했다. 됐다고, 그냥 집에 가겠다고 말하고 싶은 걸 열 번도 넘게 참았다. 저 멀리 버스 정류장이 보이자 발이 멈췄다. 얼어붙은 사람처럼 그냥 우뚝 멈춰 서 있을 수밖에 없었다. 여기까지다. 나는 저길 지나갈 수 없다. 오늘은 날이 좋지 않아 그만 돌아가야겠다는 말을 하려는데 그의 발이 멈췄다. 그리고 손을 흔들며 사 층짜리 빌라를 가리켰다.

다 왔습니다.

그의 집은 사 층이었고 엘리베이터가 없었다. 계단은 좁고 가팔랐다. 삼 층부터 그는 헉헉 숨을 몰아쉬었다. 번호 키를 누르기 전 상체를 쭉 펴며 호흡을 골랐다. 현관은 다 열리지 않았다. 그는 어색하게 웃으며 비좁은 틈으로 간신히 들어갔다. 신발이 놓인 곳부터 실내의 모든 곳에 상자가 쌓여 있었다. 집 전체가 다 상자였다. 좁게 난 길을 제외하고 발 디딜 틈도 없어 상자로 벽을 만든 미로처럼 보였다. 집이라거나 방이라기보다 창고라고 해야 어울릴 공간. 마음이 아픈 사람인가? 정신이 온전치 않은 걸까? 무의식적으로 물건을 쌓아 두는 저장 강박이 있는 사람일지도 모른다. 그런데 잘 보니까 그런 것과는 조금 달랐다. 상자들은 모두 가지런히 정리되어 있었다. 가득 차 있었지만 선과 열이 정확한 질서 속에 놓여 있었다. 박스 두 개를 이용한 의자도 있었고 책상처럼 이용한 박스들도 있었다. 그 위에 노트북과 키보드가 있었고 단정하게 쌓아 올린 책탑도 있었다. 내 마음을 읽었는지 그가 머리에서 눈을 털어 내며 말했다.

집이 엉망이라 민망하네요. 이상한 사람이라고 생각하시면 안 됩니다. 급하게 이사를 왔는데 짐 정리를 못 했어요. 대부분 아내와 아들 짐이라서. 이걸 다 어떻게 해야 할지 모르겠어요. 아내에게 짐을 어떻게 하면 좋겠느냐고 물었더니 알아서 하라고 하더군요. 알아서 하라니, 뭘 어쩌라는 건지.

그는 찬장에서 물기가 없는 깨끗한 컵을 꺼내 토마토주스가 든 유리병과 함께 건넸다. 나는 고맙다고 인사를 했다. 그는 분주하게 움직였지만 딱히 뭘 하는 것은 아니었다. 그냥 이 상황이 어색한 것 같았다. 창문을 가리는 나무 블라인드로 실내는 어둑했고 공기는 차가웠다. 나쁜 냄새는 전혀 나지 않았다.

가족과 연락하시나요?

그는 고개를 끄덕이지도 눈을 깜박이지도 않고 그저 허허 웃기만 했다. 한다고도, 하지 않는다고도 말하지 않았지만 그냥 알 것 같았다. 그는 상자 몇 개를 힘겹게 움직여 안쪽 깊숙한 곳에서 까만 케이스를 꺼내 왔다.

호른은 사진보다 훨씬 크고 복잡하게 생긴 악기였다. 금빛과 녹빛이 섞인 긴 관이 뜨겁고 부드러운 유리를 구부린 것처럼 돌돌 말려 있었다. 낡은 느낌과 오래된 느낌이 너무 강해 그것에서 소리가 날 수 있다는 것이 믿기지 않았다. 그는 악기를 들어 잿빛의 커다란 융으로 구석구석 닦아 냈다. 작은 상자를 하나 끌고 와 의자로 삼았다. 이게 익숙해지면 괜찮은데,라고 말하며 허벅지 위에 호른을 올렸다.

처음엔 소리 내기가 쉽지 않습니다. 숨을 빠르게 내쉬면 고음이 나오고 느리면 낮은 배음이 걸리죠. 입술 근육을 어떻게 움직이는지에 따라 소리가 다 달라집니다.

나는 뭘 모르면서도 고개를 끄덕였다. 그는 설명을 더 하려다 말고 내 눈을 보고 헛기침을 했다.

들어 보시겠습니까?

고개를 끄덕였다. 미스터 심플의 표정이 달라졌다. 딱, 소리를 내며 올라가는 스위치처럼 단단한 긴장이 표정에 실리는 것이 느껴졌다. 그는 오른손을 나팔꽃 같은 벨 속에 집어넣고 마우스피스를 입에 문 뒤 잠시 눈을 감았다. 그리고 숨을 불어넣었다. 일정하게 뻗어 나가는 낮은 음이 바닥에 깔리면서 길고 넓게 나아갔다. 따뜻하고 부드럽지만 강하고 묵직한 소리였다. 바닥에 닿은 발바닥에 미세한 진동이 느껴질 정도였다. 그는 마우스피스에서 입을 뗐다. 나는 뭔가에 홀렸다가 갑자기 풀려나듯 허탈함을 느끼며 그를 바라봤다.

밤도 늦었고…… 오랜만에 만져 보는 거라 연주하기는 어렵겠네요.

처음엔 그가 장난하는 줄 알았지만 표정에서 느껴지는 단호함에서 진심이라는 것을 알았다.

호른은 오케스트라에는 반드시 필요한 악기이면서도 거의 보이지 않습니다. 불평을 하는 건 아닙니다. 저는 호른의 그런 스타일이 좋았어요. 성향에도 맞았고. 『몰락하는 자』에서 글렌이 그런 말을 하죠. 피아니스트는 훌륭한 피아니스트를 꿈꾸는 것이 아니라 피아노가 되길 꿈꿔야 한다고요. 오케스트라의 수많은 악기 속에서 하나의 부품처럼 긴 세월을 보내고 보니 틀린 말도 아닌 것 같아요. 악기 연주자는 악기가 되어야 합니다. 저 역시 그랬던 것 같아요. 같은 곡을 수십 번씩 연습하고 지휘자의 지시에 따라 필요한 파트에서만 소리를 내며 변함없는 호른으로 살아왔죠.

그는 오른손으로 왼 손등을 만지작거렸다.

그런데 아니었어요. 신선놀음에 도낏자루 썩는 줄 모른다는 말 있죠. 그동안 많은 것이 변하고 있었습니다. 아내와 아들은 여러 곳을 옮겨 다니며 다른 언어를 배웠고 다른 삶을 살기 시작했어요. 저 역시 달라졌어요. 그런데 어리석게 그런 줄도 몰랐습니다.

그의 말투가 바뀌었다. 반짝이던 눈빛이 꺼지고 냉소와 자조의 그늘이 드리웠다.

제가 쓴 글은 사실 거짓입니다. 어쩌면 해고는 정당했는지도, 난 정말 자격 미달인지도 모릅니다.

그는 과장되게 웃었다. 자신을 못난이로 만드는 콩트를 하면서도 관객을 웃기지 못하는 개그맨처럼 그는 괴상한 표정을 지었다.

악기는 정해진 위치가 있습니다. 법칙으로 정해진 건 아니지만 대부분 따르는 규칙이 있지요. 바이올린이나 첼로 같은 현악기는 앞줄에 있고 타악기들은 맨 뒷줄에 있어요. 호른이나 튜바는 타악기 바로 앞줄에 있고요. 그런데 어느 순간부터 심벌즈 소리가 크게 느껴지더군요. 처음에는 연주자의 볼륨이 큰 거라고만 생각했어요. 그런데 소리가 점점 크고 날카로워졌어요. 어느 순간부터는 그게 통증으로 느껴지더군요. 난감한 상황이었죠. 위치를 바꿀 수도 없고 심벌즈를 작게 쳐 달라고 요구할 수도 없으니까요. 그 소리는 점점 나를 위협했고 나중엔 심벌즈가 울리기 직전에 움츠러들더군요. 긴장한 탓인지 호흡에 문제가 생기고 입술이 말라 크고 작은 실수도 하기 시작했습니다. 지휘자가 중간에 연주를 끊고 나를 쳐다본 적도 있어요.

그는 죽어 가는 동물을 보듯 호른을 물끄러미 바라보더니 케이스에 집어넣었다.

시간은 잔인합니다. 다 망가뜨려요. 망가지지 않더라도 알아볼 수 없게 변화시키죠. 나는 그걸 누구에게도 말하지 않았습니다. 해고될 때도, 복직을 거부할 때도, 억울하다고만 했죠. 그건 그럴 수 있어요. 민망하고 부끄러웠으니까요. 그런데 이상하죠. 글에도 쓰지 않았습니다. 아니, 쓰지 못했어요. 내가 쓰고 내가 보는 건데도 솔직하게 쓸 수 없다는 걸 어떻게 받아들여야 할까요.

글 쓰는 사람들도 그렇게 하지 못해요.

네?

그는 왼쪽 귀를 내 쪽으로 돌리고 되물었다. 나는 유심히 그의 귀를 살폈다. 작은 귓구멍에 까만 어둠이 고여 있었다. 나는 방금 한 말을 반복했고 계속 말을 이었다.

그동안 많은 책을 만들었어요. 많은 원고를 봤고요. 번역 작업까지 합하면 더 많죠. 그러니까 저는 다양한 작가들의 글을 누구보다 많이 깊게 읽은 셈입니다. 그런데 아, 이 작가 진심으로 썼구나, 솔직하게 썼구나, 이런 생각 드는 글은 많지 않았어요. 저도 가끔 이런저런 글을 써야 할 때가 있어요. 책에 대한 소개 글이 대부분이지만 가끔은 내 생각을 표현하는 산문을 쓸 때도 있죠. 그런데 속에 있는 말을 그대로 써 본 적은 거의 없었던 것 같아요. 별로인 걸 좋다 했고 거지 같은 것도 의미 있다고 썼습니다.

그렇군요. 쉽지가 않은 거군요. 그는 느리게 고개를 끄덕였고 내 쪽을 향해 몸을 기울인 모습 그대로 한참 동안 가만히 있었다. 그리고 느린 어조로 말했다.

요즘엔 짐을 정리해 보려고 상자를 하나씩 열어 봅니다. 내 집에 있었던 물건들인데 처음 보는 것이 많았어요. 그것들이 낯설어 골똘히 보곤 합니다. 특히 책이 많았어요. 몰랐습니다. 아내가 책을 많이 읽는 사람이었는지. 음악사에 관심이 있었는지도요. 아내는 책 귀퉁이를 접더군요. 왜 접었는지는 모릅니다. 무엇이 인상적이었는지 알 수 없어요. 그런데 접힌 부분을 만나면 책 귀퉁이를 펴고 읽어 봅니다. 암호를 해독하는 것 같았어요. 그러다 타이핑을 해 봤는데요. 재미가 있더군요. 글쓰기 선생님이 필사하면 글이 좋아진다고 했거든요.

글쓰기 선생님이라고 말할 때 그가 착하고 순진한 늙은 학생처럼 보여 웃음이 났다.

그래서 악기를 버리고 작가가 되기로 결심하셨나요?

아니요, 무슨.

그는 손사래 쳤다.

열 장도 못 쓰는데 무슨 작가를 합니까. 쓰고는 싶은데 실력이 안 되니까 남의 책이라도 베껴 보는 겁니다. 그런데요.

미스터 심플은 안경을 벗고 마른세수를 한 뒤 안경을 다시 썼다. 눈이 충혈됐고 몹시 피곤해 보였다.

키보드를 누르는데 문득 아내가 했던 말이 떠오르더군요. "당신 말은 맞지만, 때로는 옳지만, 너무 차가워. 가족끼리는 심판이 필요한 게 아니라 온기가 필요해." 왜 그 말을 했는지는 기억이 안 납니다. 아들 교육 문제로 다툴 때였으니까 내가 또 무리한 소리를 했겠지요. 그때는 그 말이 무슨 말인지 몰랐어요. 그저 짜증 나고 화만 났습니다. 그런데 알 것 같아요. 왜인지는 모르겠는데 이제 다 알 것 같아요.

그는 고개를 돌려 싱크대 쪽을 바라봤다. 상자 윗부분에 축구공이 있었고 그 옆에 소년의 것으로 보이는 운동복이 단정하게 개켜 있었다. 그는 그걸 물끄러미 바라보았다. 미스터 심플은 자신의 집에 자신의 물건들과 함께 있다. 그런데 이 집은 그의 집이 아니고 물건들도 그의 것이 아니다. 사람들이 떠난 곳. 남의 물건만 가득한 곳. 그런 곳을 집이라 할 수 있을까. 그는 그가 노트에 썼듯이 아무것도 아닌 존재처럼 보였다. 낯선 도시를 헤매는 외국인이 넓은 광장의 벤치에 앉아 두려움을 감춘 채 웃고 있는 것처럼 그는 자기의 집에 그렇게 앉아 있었다. 그는 축구공에서 시선을 떼지 않고 말했다.

그러고 싶지 않은데…… 그런 마음을 갖지 않으려고 했는데…… 아내와 아들이 보고 싶습니다. 왜 이렇게 됐는지 모르겠어요. 차라리 없다면, 죽어 없는 거라면 이런 기분이 들지도 않을 거예요. 있는데 없는 것처럼 지내야 하는 게 어렵습니다.

차라리 죽었다면,이라는 그의 말이 송곳처럼 뚫고 들어왔다. 그는 모르는가. 죽어서 영원한 비밀로 남은 사람과 함께 지내야 하는 것이 무엇인지. 해결할 수 없어 덮어 두는 마음의 끝이 매 순간 의문형으로 올라가는 기분이 삶을 얼마나 마비시키는지도. 뱀의 머리처럼 꼿꼿이 서서 나를 보고 있는 질문과 의문. 그것에 연연하는 것도, 연연하지 않는 것도, 모두 죄처럼 느껴지는 걸 그는 모르는가. 나는 길게 숨을 내쉬었다. 마음속을 할퀴고 지나가는 뜨겁고도 차가운 불물이 사라지길 기다렸다.

있는데 없는 것처럼 지내야 한다고 하셨죠. 없는데 있는 것처럼 지내는 것도 쉽지 않습니다.

그는 무슨 말을 하는지 모르겠다는 표정으로 내 말에 귀를 기울였다. 나는 멜로디를 흥얼거리기 시작했다. 느닷없이 떠올라 계속 입술에 맴돌던, 죽기 전 H가 듣고 또 들어 나중엔 내 기억과 입술에 옮겨 붙은, 제목을 모르는 멜로디.

방금 제가 흥얼거린 멜로디, 혹시 무슨 곡인지 아시겠습니까? 대충이라도 계이름을 써 드릴까요?

그는 내가 부른 멜로디를 정확하게 따라 했다.

맞아요, 바로 그겁니다. 아시겠습니까?

나는 손뼉을 쳤고 그는 어깨를 으쓱였다.

「대니 보이」.

연주해 주실 수 있나요?

그는 침울하게 고개를 저었다.

어렵겠습니다. 아까도 말씀드렸지만.

그래도 부탁드립니다.

미스터 심플은 노트의 커버를 손가락으로 만지작거릴 뿐 아무 말도 하지 않았다. 그 시간은 십 초 정도였는데 내게는 너무 길고 무겁게 흘러갔다. 그는 케이스를 열고 호른을 꺼냈다. 각 기관을 융으로 닦고 마지막으로 벨까지 닦아 낸 뒤 마우스피스에 입술을 댔다.

연주가 시작됐다. 낮고 무겁지만 환하고 맑은 소리였다. 하늘로 퍼지거나 공기 중으로 뻗어 나가는 소리가 아니라 부드럽게 바닥에 퍼져 피부에 흡수되는 소리였다. 양 볼에 가득 숨을 모아 금관으로 불어 넣는 미스터 심플의 모습은 근사해 보였다. 쓸쓸해 보였고 슬퍼 보였다. 그걸 아름답다고 말해도 될까. 나는 슬프고 우울한 것에 의미를 부여하는 일에 진력이 났다. 그것이 지겹고 다 거짓말인 것 같다. 그런데 눈 내리는 깊은 밤. 창고처럼 좁은 낯선 방에서 H가 좋아했던 음악을 호른으로 듣는 이 순간이 좋았다. 슬퍼서 눈물이 쏟아지려고 했다. 호른에 손을 댔다. 차가운 관 속에 작은 핏줄이 있듯 그가 숨을 불어 넣을 때마다 미약한 온기가 느껴졌다. 연주가 끝나고 나는 잠시 희미하게 사라지는 음이 머릿속에 스며들기를 기다렸다. 그리고 오래오래 박수를 쳤다. 그는 부끄러움 없는 얼굴로 미소를 지으며 고개를 숙였다.

「대니 보이」는 전쟁에 나서는 아들을 위한 아버지의 노래입니다. 어떤 이는 사랑 노래로 들을 거고 어떤 이에겐 레퀴엠으로 들릴 겁니다.

그렇군요. 좋았어요. 정말 좋았어요.

다행입니다. 오랜만에 불어 봐서 떨리더군요. 소리도 잘 나지 않았어요.

그는 호른을 케이스에 집어넣었다.

물건을 하나씩 하나씩 없애고 나면 나중엔 이 친구와 이별할 날도 오겠죠.

그걸 파시게요?

글쎄요.

그는 케이스를 원래 자리에 놓고 천천히 몸을 돌려 상자들을 둘러봤다.

사시게요? 키워드 걸어 놓으세요. 이거 살 사람 그렇게 많지 않을 겁니다.

그가 웃었고 나도 웃었다.

호른. 오케스트라. 시향. 어쩌면 내가 누군지를 설명하는 마지막 단어들인데 이제는 불편해졌어요. 그것들이 나를 밀어내는 것도 같고.

그 말을 하고 그는 힘없이 웃었다. 순한 웃음과 부드럽게 접히는 눈을 보니 순간 어떤 장면이 오버랩됐다. 이제 일어나야 하는 걸 안다. 인사하고 이 집을 나서야 한다는 걸 안다. 하지만 나는 초조해졌고 두려웠다.

선생님.

그는 대답 없이 눈을 크게 뜨고 나를 봤다.

……아닙니다.

무슨 말을 해야 할지 몰랐던 나는 노트를 들고 펼쳐서 그가 쓴 글을 다시 읽었다.

출판사에 있는 입장에서 조언 하나 해 드리고 싶네요. 마지막 단어를 쓰면 글은 끝이 납니다. 그런데 엄밀한 의미로는 끝난 게 아니에요. 다시 읽어 보면 고칠 곳이 많고 문제점이 보이거든요. 그래서 작가들은 다시 쓰거나 고쳐 쓰는 작업을 합니다. 그걸 퇴고라고 하는데요. 선생님, 글을 잘 쓰고 싶으시면 다시 써 보세요.

그는 긴장한 얼굴로 자세를 고쳐 앉았다.

퇴고의 방법을 알려 드리겠습니다. 첫째는 완성한 이 글이 엉망이라는 것을 인정하는 겁니다. 둘째는 이걸 다시 쓰면 나아질 수 있다는 것을 믿는 겁니다. 그리고 마지막, 실제로 다시 쓰는 겁니다. 그 과정에서 조금씩 고치고 다른 단어로 바꾸는 것이죠.

미스터 심플은 집중하고 있었지만 이해를 한 것 같진 않았다.

정말입니다. 이게 다예요. 다시 써 보세요. 완성하면 제가 교정교열을 봐 드리겠습니다. 연주를 잘 들어서 뭐라도 해 드리고 싶은 마음이 드네요.

그는 복잡한 표정으로 무슨 말을 해야 할지 우물쭈물거리다가 고맙습니다,라고 작은 소리로 말했다. 그리고 그 말을 계속 반복했다. 고맙습니다. 고맙습니다.

헤어지기 전 우리는 문 앞에 서서 악수를 했다. 그는 조심히 가라고 했고 나는 또 만나자고 했다.

눈은 그쳤다. 사람도 자동차도 더는 움직이지 않는 깊은 밤의 세계는 노란 가로등 불빛에 물들어 예쁘고 아름답게 일렁거렸다. 질서가 깃든 고요한 겨울 묘지처럼 보이는 풍경. 나는 아무도 걷지 않은 눈을 뽀득뽀득 밟아 버스 정류장까지 걸어갔다. 여기에서서 버스를 기다릴 때 모르는 번호로 걸려 온 전화를 받았던 일이 기억난다. 그는 경찰이라고 했고 H를 아느냐 물었다. 부고를 알리는 전화기를 손에 쥔 채 눈을 들어 하늘을 보며 상상했다. 강이 보이는 큰 다리 위를 달리고 있었을 것이다. 알 수 없는 이유로 멈췄을 거고, 다리 밑을 보고 물결을 보고 수면에 비친 불빛들을 보고 생각에 잠겼다가 물속으로 들어갔을 것이다. 경찰이 정중한 어조로 상황을 전했을 때 순간적으로 체념에서 오는 평온함을 느꼈다. 그리고 잠시 뒤 속에서 뭔가가 끊어지는 듯한 통증을 느껴 그대로 자리에 주저앉고 말았다. 가까이 있어도, 한집에서 함께 생활했어도, H의 마음을 잘 알지 못했다. 그게 불만이었고 때로는 화도 났는데 이제는 영원히 알아낼 수 없는 비밀이 되었다. 조각을 잃어

버린 퍼즐이 되었다. H는 왜 「대니 보이」를 그렇게 많이 들었던 걸까. “나이 든 남자들이나 좋아할 것 같은 올드한 음악을 왜 그렇게 자주 듣는 거야?” 더는 듣기가 싫어 짜증을 내도 “왜? 좋은데” H는 웃기만 했다. 정류장에 서서 담담하게 그날을 생각했다. 피하지 않고 처음부터 끝까지 다 생각했다.

왔던 길을 걸어 집으로 돌아왔다. 두 사람의 것으로 보이는 발자국이 찍혀 있었고 작은 발자국에 발을 맞춰 걸었다. 내 보폭과 발자국의 보폭이 맞지 않아 몇 번이나 균형을 잃고 기우뚱 흔들려야 했다. 걷는 동안 미스터 심플의 호른 연주를 떠올렸고 멜로디 그대로 허밍을 했다. 하얀 입김으로 나타났다가 이내 사라지는 「대니 보이」. 그 순간 거래 후기를 알리는 알림이 떴다. 미스터 심플이었다. 내 아이디에 스티커를 붙여 줬다. 좋은 물건을 싸게 팔고 약속도 잘 지키는 좋은 사람이라 했다. 나도 바로 화답했다. 그에게 어울리는 심플한 스티커를 찾고 또 찾았다.

‘친절하고 매너가 좋아요.’

정영수

2014년 단편 소설 「레바논의 밤」으로 창비신인소설상을 수상하며 작품 활동을 시작했다. 소설집 『애호가들』, 『내일의 연인들』 등을 썼다. 문학동네 젊은작가상을 수상했다.

05

더 인간적인 말

저장되지 않은 번호로 걸려 온 전화에서 어떤 남자가 자신을 변호사라고 소개했을 때, 나는 이 여자가 이번에는 정말로 해 볼 생각인가 보군, 하고 생각했다. 여기서 이 여자란 내 아내인 해원을 말하는 것인데, 나는 전화 속 남자가 그녀가 고용한 이혼 전문 변호사일 거라고 생각했던 것이다.

나와 해원은 어느 순간부터 악화일로만 걸어오던 우리 관계를 어떻게든 더 나은 방향으로 변화시키기 위해 많은 사람들을 끌어들였다. 때로는 내 친구들이거나 그녀의 친구들이었고, 때로는 양쪽의 부모님이었으며, 때로는 심리 상담사였다. 우리는 윤리적 가치관 차이로 대립했고 서로 다른 정치적 견해 때문에 충돌했으며 종교적 문제(우리 둘 모두 신앙이 없었음에도 불구하고)에 대해 목소리를 높였다. 우리는 말이 너무 많다는 게 문제였고 그것은 둘 중 하나가 영원히 입을 닫지 않는 한 해결되지 않는 것이었다. 그러다 어느 순간 합의점에 이르게 되었는데(우리에게는 아주 드문 일이었다), 그건 우리 관계를 개선하기 위해 도움을 요청할 수 있는 마지막 남은 사람은 이제 이혼 전문 변호사뿐이라는 것이었다.

그러나 곧장 변호사에게 달려간 것은 아니었고, 그렇게 결론지은 이후로는 일종의 냉전이 시작되었다. 우리는 그 방법이 불러올 파괴적인 결과를 어느 정도는 두려워했으며 그 일이 시작되면, 일단 열차의 바퀴가 굴러가기 시작하면 누구 한 사람의 의지만으로는(어쩌면 둘 모두 원한다고 해도) 절대 멈추지 못할 것임을 알고 있었다. 그렇기 때문에 우리는 우리에게 남은 유일한 선택지를 실행으로 옮기는 대신 주저하며 시간을 끌어오고 있었다. 차라리 입을 닫는 것이 좋겠어, 일절 대화를 하지 않으면 문제가 일어날 일도 없잖아, 이런 무언의 합의가 이루어진 뒤 우리는 꼭 필요할 때를 제외하고는 서로에게 말을 건네지 않았다. 그러나 그럼으로써 우리 부부가 지닌 거의 유일한 미덕(그것은 또한 재앙의 씨앗이기도 했지만)이라고 할 만한 것은 완전히 사라지고 말았다. 그러니까 우리에게 말이란 모든 문제의 원인임과 동시에 해법이었고, 우리 관계에 있어 시작과 끝이었고, 사실상 모든 것이었고, 그것이 사라진다면 그녀와 나 둘로 이루어진 공동체는 존재의 의미를 상실하는 거나 마찬가지였다. 우리는 우리라는 공동체의 의의를 잃는 방식으로 공존하느냐, 우리의 구성 요소를 유지하면서 이 공동체가 회복 불가능한 형태로 부서져 가는 것을 끝까지 지켜보느냐

하는 기로에 서 있었던 셈이다. 나는 변호사가 다음 말을 꺼내기 전까지 아주 짧은 순간, 그녀가 드디어 방아쇠를 당겼다고, 루비콘 강에 무릎을 담갔다고 생각했다. 그러나 변호사는 김해원이라는 이름 대신에 내가 예상치 못한, 전혀 뜻밖의 이름을 언급했다. 그가 꺼낸 이름은 이연자였고, 그건 내 이모의 이름이었다.

변호사가 내게 전한 사실은 그의 입에서 나온 이름 그 자체보다도 나를 더 놀라게 했다. 그가 전한 내용은 이모가 내 앞으로 유산을 남겼다는 것이었다. 나는 당연히 그의 말을 믿을 수 없었는데 그것은 이모가 (심지어 어머니가 멀쩡하게 살아 있는) 조카에게 유산을 남겼다는 흔치 않은 상황 때문만이 아니라, 적어도 내가 알기로 이모는 아직 죽지 않았기 때문이었다. 이모는 죽지 않았고, 큰 병에 걸리거나 사고를 당하지도 않았다. 이모가 이 세 가지 중 한 가지 상황에라도 처했더라면 변호사가 연락해 오기 전에 엄마에게서든, 병원에서든, 그게 아니면 다른 어디에서든 그 일에 대한 소식이 먼저 들려왔을 것이었다. 그래서 나는 그에게 되물을 수밖에 없었다.

"유산은 죽은 사람이 남기는 것 아닌가요?"

전화기 너머에서 그가 대답했다.

"그렇죠."

"그럼 제 이모가 죽었다는 말씀인가요?"

"그건 아닙니다."

"그럼 살아 있는 이모가 무슨 이유로 저한테 유산을 남겼다는 건가요?"

"아직은 아니라는 뜻이에요."

"아직은?"

"예, 아직은요."

변호사는 이모의 돈이 일반적인 증여가 아니라 유산 상속 개념으로 내게 전달될 거라고 했다. '아직은' 살아 있으니 서류상에는 증여라고 명시가 될 테지만, 이모는 자신이 남긴 돈이 다른 형태가 아닌 '유산'이라는 사실을 명확히 하고 싶어 했다는 것이었다. 이모가 남겼다는 돈은 결코 적지 않은 금액이었다. 인생을 바꿀 만큼 어마어마한 액수는 아니었지만 그 돈을 받는다면 어떻게 운용해야 할지 적어도 몇 주간은 진지하게 고심해야 할 만한 금액이었다.

나는 이틀 후 해원과 함께 이모를 찾아갔다. 원래는 다음 날 바로 가려고 했으나 그날은 해원이 절대 취소할 수 없는 학회 발표가 있는 날이어서 그다음 날로 미룰 수밖에 없었다("이모가 내일 당장 돌아가실 것 같아?" "그런 건 아닌 것 같아." "그럼 딱 하루만 기다려."). 나는 혼자 가겠다고 했지만 해원은 아무래도 자신이 함께 가야 하는 일 같다고 고집을 피웠다. 나는 어차피 이혼하면 내 이모는 남이나 다름없지 않나, 하고 생각했는데 그녀는 나와 생각이 달랐다. 해원은 동료 교수들 사이에서는 진보적이고 리버럴한 사람으로 통했지만 실제 생활에서는 의외로 전통적인 관점의 '도리'라는 걸 우선하곤 했다. 아직은 완전히 갈라선 게 아니며 우리가 갈라설 거라는 사실을 엄마나 이모가 알고 있는 것도 아닌 데다가, 설사 이미 우리가 완전히 갈라섰고 더 이상 법적으로 서로에게 어떤 구속력도 갖지 않는다고 해도 이모에게 무언가 큰일이 벌어졌다면 팔 년 동안 가족으로 지낸 사람으로서 무시할 수는 없다는 것이었다. 그러나 나는 아무리 우리가 결혼이라는 제도적 결합을 택했다고 해도 서로의 가족을 선택한 것은 아니며, 최소한의 예의를 지키는 선에서 관계만 유지하면 되지 그들의 삶에는 관여할 일이 아니라고 생각했다. 하물며 (아직은 아니지만) 법적으로까지 깔끔히 갈라섰다(고 한다)면 그 이후로는 서로의 어떠한 일에도 연관될 필요가 없고 나는 당연히 해원의 가족을 그렇게 대할 생각이었다. 나는 그녀의 아버지와 어머니에게 아무런 책임도 없으며, 아직까지는 내게 처남인 해원의 동생 또한 나와 아무런 관계가 없는 사이가 될 것이었다. 물론 나는 그를 좋아했고 비교적 친밀한 관계를 유지해 왔지만 모든 관계는 유기적이며 시간이나 상황에 따라 달라질 수 있고 마땅히 그래야 하는 것이기도 하니까 말이다.

해원은 오래전부터 내가 그 근본을 헤아리기 어려운 자신만의 조금은 난해한 (하지만 단단한) 윤리관을 갖고 있었는데 그녀의 그러한 점은 우리 둘이 함께 사학과 대학원에서 공부하며 조금씩 가까워지던 시절에는 서로를 끌어당기는 인력으로 작용하기도 했다. 서로를 알게 된 지 얼마 지나지 않았을 때부터 우리는 일단 이야기를 시작하면 끝내는 방법을 몰랐다. 맥주를 한 캔 사서 편의점 야외 테이블에 앉으면 칠흑 같던 하늘이 파랗게 밝아 올 때까지 대화를 멈추지 못했다.

우리가 그 무렵 마치 세상에서 가장 중요한 문제라도 되는 것처럼 몇 시간이고 물고 늘어졌던 주제는 대략 이런 것들이었다. 식물을 해치는 일은 비윤리적인가—만약 그러한 행위가 비윤리적이라면 우리는 생존이라는 근본적인 행위에 죄책감을 느낄 수밖에 없다, 그럼 왜 또 우리는 길가에 피어 있는 민들레를 아무렇지 않게 짓밟는 사람을 야만적이라고 여기는가, 또한 옥수수밭에서 옥수수를 수확하는 것과 수천 년 된 삼나무숲을 벌목하는 것은 윤리적 관점에서 과연 어떤 차이가 있는가—? 또는, 지적 재산권 침해 행위와 표절의 경계는 무엇인가—인터넷에 산포된 글이나 지인이 무심코 내뱉은 말에서 발상을 얻어 예술 행위를 했을 때 저작권은 어떻게 배분해야 되는가, 수천 년 된 그리스 비극을 인용 변주하는 것과 저작권 보호 기간이 끝난 백 년 전 소설을 베끼는 것은 어떻게 다른가—? 도덕적 행위는 이타적인 행위인가? 인간은 왜 사는가…… 등등. 언제나 서로의 견해는 대화가 지속될 수 있을 만큼은 달랐고, 대화를 포기하지 않을 만큼은 비슷했다. 그래서 매일 격렬하면서도 다정한 논쟁을 이어 갈 수 있었고, 그것은 우리에게 일종의 로맨틱한 놀이인 셈이었다.

그러나 꽤 긴 연애 기간을 거치고, 내가 대학원을 그만두고 지금의 직장에 자리를 잡은 뒤 이어진 결혼 생활을 합해 십 년이 넘는 세월 동안 그런 일이 계속되다 보니 그것을 더 이상 다정한 놀이라고만 여길 수는 없게 되었다. 나는 조금씩 그녀가 말이 통하지 않는 상대라고 느꼈다. 어떨 때 해원은 내가 생각하는 것 이상으로 보수적이었으며, 어떤 사안에 대해서든 결론을 내리는 걸 끊임없이 유보했다. "그건 지금 당장 얘기할 수 없는 문제야." "일단 좀 더 생각해 봐야겠어." 그리고 그녀는 내 논조가 늘 과격하며 나의 태도가 필요 이상으로 고집스럽다고 나를 비난하곤 했다. 가끔은 내가 너무 비인간적으로 느껴진다고 말하기도 했다. "어떻게 사람이 매번 그렇게 이상적으로만 사니?" 우리는 서로를 답답하다고 여겼으며 결론이 나지 않는 대화가 영원히 이어지는 것을 고통스러워했지만 처음 만났을 때와 마찬가지로 여전히 그것을 끝내는 법을 몰랐다. 우리는 다음 날 둘 모두 출근해야 하는 상황에서도 새벽이 될 때까지 말꼬리를 잡고 늘어졌다. 상대의 주장을 짓눌렀고, 주제와는 상관없는 말로 논쟁을 키웠으며, 서로에게 상처가 되는 차가운 말을 쏘아 댔다. 그래도 해원과 내가 무언의 합의로 이끌어 낸 방법(그러니까 집안을 엄중한 침묵의 공간으로 만드는)은 효과가 있었다. 우리는 처음에는 논쟁거리가 될 만한 이야기를 꺼내지 않으려 노력했고 그럴 기미가 조금이라도 보이면 급히 입을 닫았다. 그러나 의도치 않았던 상황에서, 전혀 특별하지 않은 일상적인 말들이 우리에게 논쟁의 불씨를 던졌고, 또 길고 아득한 말들의 미로 속으로 우리를 밀어 넣었다. 그러면 또다시 입을 닫으면서, 결국 우리는 더 이상 어떠한 대화도 나누지 말아야 한다는 결론 쪽으로 나아갔다. 그것이 익숙해지자 조금은 살 만해졌다. 집 안에서 키보드 두드리는 소리나 그릇 달그락거리는 소리 정도만 들려오는 적막한 나날에는 답답함도 있었지만, 끝없이 이어지던 전투의 날들에 비하면 훨씬 편안했다. 그런데 그 침묵이 의외의 사건으로, 의외의 인물을 통해서 깨지게 된 것이다. 아무리 그런 상황이었다 해도 변호사를 통해 듣게 된 이모의 알 수 없는 신변 변화에 대해서 해원에게 말하지 않을 수는 없었다.

우리가 과천에 있는 이모의 아파트에 도착했을 때 그녀는 화분에 물을 주고 있었다. 이모는 젊은 시절의 대부분을 서아프리카의 카나리아 제도에서 보냈기 때문인지 집에 잎이 넓은 나무를 두는 것을 좋아했다. 이모의 집에는 수십 개의 크고 작은 화분이 있었는데, 다육 식물도 꽤 많았지만 대부분은 관엽 식물이었고 어떤 것은 천장에 닿을 정도로 키가 컸다. 이모는 여전히 스페인에서 가져온 오래된 선풍기나 전동 원두 그라인더 등을 사용했고, 커다란 벵골고무나무와 종려나무 화분들 옆으로는 이베리아풍 러그가 깔려 있었다. 그래서 이모의 집은 대기업 건설사가 지은 전형적인 한국형 아파트였음에도 불구하고 어딘지 이국적인 분위기를 풍겼다.

이모는 염색을 하지 않아 머리가 전체적으로 희었지만 머리숱은 여전히 풍성해서 도리어 실제 나이보다 젊어 보였다. 이모는 밝고 건강해 보였으며, 변호사가 내게 말한 것처럼 '아직 죽지 않은' 사람처럼은 보이지 않았다. 이모가 우리를 마치 아무 용건도 없이 인사차 방문한 손님처럼 대했기 때문에 한동안 우리는 이모가 내오는 수박이며 복숭아 등을 주는 대로 받아먹으며 시간을 보냈다. 내가 어떻게 말을 꺼내야 할지 고민하는 동안 이모는 벌써 날이 꽤 더워졌다느니, 잘 익은 수박을 고르려면 줄무늬와 배꼽을 봐야 한다느니("이 나이가 되어서야 수박 고르는 방법을 제대로 알게 되었지 뭐니?"), 이 앞에 들어서는 새 아파트 단지의 평당 분양가가 얼마나 나간다느니 하는 이야기들을 늘어놓았다. 그러다가 뜬금없이 우리에게 이렇게 물어보기도 했다. "너희 요즘 사이는 좋니?" 나와 해원은 거짓말에 서툰 사람들이었기 때문에 둘 다 잠시 머뭇거리느라 대답을 하지 못하다가, 나보다는 그나마 조금 나은 해원이 먼저 입을 열어 "그럼요. 좋아요, 이모"라고 대답했다. 나는 별다른 말을 보태지 않고 부채꼴 모양으로 잘린 수박 조각을 집어 먹기만 했다.

그러고도 한 시간 정도 사소하고 일상적이며 무의미한 이야기들이 오갔는데, 갑자기 이모가 우리에게 백개먼 게임을 하자고 했다. 백개먼은 이모가 스페인에 있을 때 즐겨 했던 일종의 전통 보드게임인데, 나는 어린 시절부터 이모와 종종 그 게임을 했고 결혼 후에는 해원도 이모에게 하는 법을 배워서 종종 같이 하곤 했다. 물론 나는 백개먼을 좋아했지만 그날은 그런 거나 하자고 거길 찾아간 것이 아니었기 때문에 그러고 싶지 않다고 대답했다. 나는 이모에게 대답하는 내 목소리를 듣고서야 나의 기분이 조금 상해 있었다는 것을 깨닫게 되었다. 그것은 이모에 대한 걱정 때문이라기보다는 무언가 내가 알 수 없는 일이 벌어지고 있으며, 이모가 그것을 숨긴 채 나를 놀리고 있는 것 같다는 생각을 지울 수가 없었기 때문이었다.

"그런 건 나중에 해요, 이모. 백개면이나 하려고 회사에 연차를 내고 여기까지 온 건 아니에요. 아시잖아요?"

그러자 이모는 하던 말을 멈추고 내 얼굴을 쳐다보았다. 이모는 희미하게 미소를 머금고 있었다. 그것은 정말 미소를 지은 것이 아니라 오랜 세월 사람들을 상대하며 살아와 자연스럽게 얼굴에 새겨진, 일종의 깊이 파인 주름 같은 것이었다. 이모는 사실 굳은 얼굴을 하고 있었다. 그녀는 잠시 동안 그런 얼굴로 있다가, 다시 살가운 미소를 띠며 내게 말했다.

"돈을 걸고 해 보면 어떨까? 원래 백개면은 돈을 걸고 해야 제맛이거든."

"돈이라고요? 말씀 잘하셨네요. 그 돈은 대체 뭐예요? 변호사는 또 뭐고요."

"그 사람한테 얘기 못 들었니?"

"전 아무 얘기도 못 들었어요. 유산 어쩌고 하는 말도 안 되는 얘기 말고는요."

"말이 왜 안 돼. 다 알아본 거야."

"그게 어떻게 말이 돼요? 유산은 죽은 사람이 남기는 거잖아요. 이모가 죽었어요?"

"지금은 아니지."

"혹시 암이라도 걸렸어요? 말기래요?"

나는 거기까지 말하고 나서야 내가 이모를 지나치게 몰아붙이고 있다고 생각했다. 그렇게 말했는데 이모가 진짜 암이라면? 암세포에게 목숨을 위협받고 있는 상황이라면? 그러나 이모가 "그건 아니다"라고 말해서 나는 안심할 수 있었다. 그러자 흥분했던 마음이 조금 가라앉았다. 나는 우습게도 그 짧은 시간 동안 화를 내다가, 당황했다가, 그다음에 이모의 말을 들을 준비가 되었던 것이다. 이모는 그러고 나서 한동안 머뭇거렸는데 그 머뭇거림이 이상하게 느껴졌던 건 아무리 봐도 그것이 다름 아닌 쑥스러움에서 나온 듯한 행동이었기 때문이다. 그녀가 다음에 이어서 한 말을 생각하면 전혀 이해가 안 되는 것은 아니면서도 역시나 그 상황에서 쑥스러움을 느낀다는 건 사실은 어딘지 굉장히 이상하고 비상식적이라는 생각이 들었다. 이모는 얼마 후에는 단호하게, 결의에 찬 사람처럼 말했지만 그렇게 하기 전 아주 잠시 동안 분명히 머쓱해했고, 도리어 그 머뭇거림이 이모의 말을 거짓이나 장난이라고 치부할 수 없게 만들었다.

"얘들아, 이모는 스위스에 갈 거란다. 그리고 거기서 죽을 거고."

어쩌면 이모는 조금 완곡한 표현, 이를테면 '그리고 다시는 돌아오지 않을 거고' 같은 식으로 말할 수도 있었을 테지만 구태여 '죽을 거고'라고 말함으로써 혹시라도 우리가 할지 모르는 오해 같은 것을 차단하려고 했던 것 같다. 그녀는 한 번의 말로 우리에게 오해의 여지 없이 자신의 의사를 확실하게 전달했다. 이모는 스위스에 갈 것인데, 한국으로 돌아오지 않고 거기서 스스로의 의지로 죽을 것이다. '스위스'와 '죽음'이라는 두 단어가 암시하는 것은 하나밖에 없었다. 그것은 나와 해원이 그동안 수도 없이 해 왔던 윤리 논쟁의 주제로 이미 다뤄진 적이 있는 것이었다. 우리 또한 그것을 아주 먼 훗날, 합리적인 사유는 할 수 있지만 더 이상 육체를 완벽히 통제하지 못하는 절망적인 상황이 된다면 선택할 수 있는 하나의 옵션으로 두고 있었다. 그러니까 스위스에 가서 존엄성을 지킨 채로 안락하게 죽는 것, 그 일을 이모는 지금 하려고 하는 것이었다.

집으로 돌아오는 차 안에서 우리는 이모의 계획에 대해 이야기를 나누었다. 보통 때와는 달리 우리의 견해는 어느 정도 일치했다. "그래도 너무 일러." "맞아, 아직 건강하신데." "얼마 전에 환갑이셨잖아." "삼 년 전이었어. 우리가 침대를 사 드렸잖아." "그래, 아직 새것이나 다름없겠네." 이런 식의 대화를 나누다가 나는 문득 그렇다면 우리가 새 물건을 그만 사게 되는 순간은 언제인가, 라는 생각으로 빠져들었다. 내가 지금 사는 물건이 헌것이 되는 걸 내 눈으로 보지 못할 것이라는 확신이 드는 순간은 얼마나 나이가 들었을 때일까, 그때가 되면 더 이상 새 물건을 사지 않고, 내가 가진 헌 물건들이 모두 나만큼 낡을 때까지 기다리는 일밖에 없는 것인가, 그럼 내 낡은 몸이 온통 낡은 물건들에 둘러싸인 채 삶의 마지막 순간을 맞이하게 되는 것인가, 하는 생각들을 했다. 그러고 보니 얼마 전에 기르던 고양이가 죽은 후 더욱 외로워졌을 것이 분명함에도 이모가 다른 고양이를 들이지 않았다는 사실이 떠올랐다. 이모는 결혼한 적이 없었고 당연히 자식도 없었기 때문에 혼자 살고 있었다. 그래서 일을 그만둔 후로는 집에서 고양이와 함께 시간을 보내는 게 일과였다. 가끔 엄마와 함께 동해안으로 짧은 여행을 다녀오거나 교외의 호숫가에 가서 한정식을 먹기도 했지만 주로 집에 머물고 외출은 거의 하지 않았다.

엄마의 말에 따르면 젊었을 적의 이모는 누구보다 활동적이고 에너지가 넘치는 사람이었다고 했다. 그녀가 대학에 들어갔을 때만 해도 우리나라의 건설사들이 중동으로 진출해 있었고 많은 노동자들이 마치 골드러시 시대처럼 그곳으로 향하고 있었다. 그들이 사우디아라비아나 이란으로 향하고 있을 때 이모는 오일 러시의 시대를 맞이해 한국외대 아랍어과에 입학했다. 그러나 이모가 직장을 구할 때는 중동의 열기가 어느 정도 식어 갈 무렵이어서 이모는 새로운 활로를 개척했다. 사실 자의로 새로운 활로를 찾았다기보다는 우연찮게 일하게 된 조그만 무역 회사에서 해외 지사로 발령을 내는 바람에 떠난 것이긴 했지만, 어쨌든 이모는 열정을 품고 카나리아 제도로 향했다. 그녀는 그곳에서 해산물 수입을 관리하는 일을 했다. 대서양 먼바다에서 잡혀 급속 냉동된 오징어나 다랑어 같은 것을 한국으로 유통시키는 일이었다. 이모는 처음 몇 년 간은 회사에 소속된 채 일했는데 나중에는 사표를 내고 직접 무역업에 뛰어들었고, 그때 사업으로 돈을 꽤 벌었다고 했다. 큰 부자가 되지는 못했지만 낭비하지 않으면 평생 일하지 않고 살 수 있을 만큼의 돈을 모았고, 그렇게 되었을 때 미련 없이 사업을 접고

귀국해 지금까지 조용하고 안온한 삶을 살아오고 있었던 것이다.

엄마는 이모의 계획에 대해서 이미 알고 있었다. 내가 전화로 그 이야기를 꺼내자 엄마는 이제 자신도 지쳤다는 목소리로 이렇게 말했다.

"너한테도 변호사인지 뭔지가 찾아갔니? 네 이모가 자꾸 말도 안 되는 소리를 해. 유산은 무슨 유산이라니? 맘대로 하라 그래라."

"이모가 언제부터 저랬어?"

"한 달쯤 전에 나한테 뭐 스위스에 가겠다고 그러질 않니? 원래 그러려고 했대. 옛날부터 그러려고 했다는 거야."

"그래서 뭐라고 했어?"

"내가 울면서 싹싹 빌고 눈앞에서 죽겠다고 해도 꼭 그래야겠단다. 내가 더 무슨 말을 하겠니."

엄마는 처음에는 장난인 줄 알고 적당히 맞장구를 쳤다고 했다. 그래 언니, 가려면 나도 같이 가자, 사는 게 왜 이렇게 힘이 든다니? 그런데 이모가 진심이라는 걸 알고는 이모에게 우울증 치료를 권하고, 하루가 멀다 하고 집으로 찾아가서 자고 오기도 했다는 것이었다. 그러나 이모는 자신이 그런 결정을 내린 것은 우울증 때문도 아니고 외로워서도 아니며 그저 자신이 그걸 원하기 때문이라는 말로 엄마를 설득하려 들었다. 물론 엄마에게 그것은 전혀 설득력이 없는 말이었고, 엄마는 이모가 큰 병에라도 걸렸는지, 아니면 자신도 모르는 사이에 빚이라도 진 것인지 재차 캐물었지만 이모는 그런 이유가 아니라고 했다는 것이었다. 그것은 나의 첫 반응과 다르지 않았다. 나는 이모가 내게 그 계획에 대해 말했을 때, 생각할 수 있는 모든 가능성을 놓고 질의응답을 진행했다. 혹시 향정신성 약물을 복용 중입니까? 자주 우울감을 느낍니까? 환각을 봅니까? 최근에 실연을 당한 적이 있습니까? 누군가에게 협박을 당하고 있지는 않습니까? 종교적 체험을 한 적이 있습니까? 세상에 대해 혐오감을 느낍니까? 이모의 대답은 모두 '아니요'였다.

"그렇다면 대체 왜요? 그리고 왜 지금이냐고요."

"왜냐하면 내가 그러고 싶기 때문이다. 지금 그렇게 하고 싶기 때문이야."

이모는 한 달 후에 떠날 예정이라고 했다. 이모의 생각으로는 이별을 준비하기에 너무 길지도 않고 짧지도 않은, 가장 적당한 기간이 한 달이었던 것이다. 너무 짧아서 충분히 설득할 시간이 없거나 아니면 너무 길어서 서로가 지치지 않을 만큼의 기간.

집으로 돌아온 해원과 나는 이모에 대해서 쉽게 말을 꺼내지 못했다. 그것은 우리가 그동안 수없이 논쟁의 주제로 삼아 왔던 그 어떤 것보다도 실재적이고 가까운 것이었다. 우리는 실재적인 것, 우리와 직접적인 연관이 있는 것을 대화 주제로 삼는 일에 익숙지 않았다. 나와 해원은 오히려 관념적인 것, 우리와 먼 것에 대해 이야기하는 쪽이 더 편했다. 우리는 우주의 존재 이유에 대해서는 며칠이고 떠들 수 있었지만 이모의 죽음에 대해서는 그렇지 않았다. 우리는 사형 제도에 대해서는 며칠이고 논쟁을 이어 갈 수 있었지만 이모가 자신을 죽이는 일에 대해서는 입을 열지 못했다. 나는 어떻게 해야 이모의 마음을 돌릴 수 있을지 고민했지만 방법이 떠오르지 않았다. 이모는 이미 변호사를 통해 재산을 정리해 두었으며, 안락사를 도와주는 스위스 단체에 신청을 마쳤고 취리히행 항공편은 물론 죽음을 맞을 아파트까지 예약해 둔 상태였다. 이모는 모든 준비를 마친 것이다. 동생이 울고불고 떼를 써 봤지만 꿈쩍도 하지 않은 사람을 조카인 내가 설득할 수 있을 것 같지 않았다. 그래서 나는 아침으로 먹을 토스트를 굽다가 혼잣말처럼 "우리가 이모를 말릴 수 있을까?" 하고 중얼거렸다. 그러자 해원이 "그렇다고 알겠습니다, 편한 대로 하세요, 하고 보내 드릴 수는 없잖아"라고 말했고 나는 "끝까지 생각을 굽히지 않는다면? 이모가 기어이 뜻대로 하겠다고 한다면?" 하고 말했는데 여기까지 말했을 때 머릿속으로 이모가 남긴 유산에 대한 생각이 스쳐 갔다. 이모에게 다녀온 이후로 그동안 완전히 잊고 있던 것이었다. 우리는 돈이 궁하지 않았다. 나는 대형 신문사의 인사 팀에서 일하고 있었는데 곧 있으면 차장으로 승진할 가능성이 높았다. 회사에서 나는 잘해 내고 있었고 그에 걸맞은 월급을 받고 있었다. 해원은 얼마 전 모교에서 조교수로 임용되었고 별다른 일이 없다면 정교수까지 가는 일은 어렵지 않을 것이었다. 우리가 살고 있는 아파트의 대출은 진작 모두 상환했으며 그 어느 때보다도 경제적으로 안정된 상태였다. 만약에 우리가 갈라선다면? 그래도 문제될 건 아무것도 없었다. 지금 사는 집을 처분하면 서울에 혼자 살기 적당한 집을 각자 하나씩 마련할 정도의 돈은 손에 쥘 수 있을 것이었다. 우리에게든, 나에게든 이모가 남긴 돈은 큰 의미가 없었다. 그러나 내가 만에 하나 이모의 선택을 지지한다고 했을 때, 적어도 이모의 생각을 돌리는 일을 포기한다고 했을 때 그 돈에서 완전히 자유로울 수 없다는 생각은 지울 수 없었다. 그것은 방해물이었다. 이 문제를 놓고 합리적인 판단을 하고 행동하는 데에는 오히려 걸림돌이 되었다. 나는 이모가 왜 굳이 그 돈을 내게 '먼저' 남겼는지 알 수가 없었다. 이렇게 생각하는 와중에 해원이 대답했다. "끝까지 말려야지. 그게 우리 할 일 아니야?"

그러나 그녀는 나중에 가서는 전혀 다른 소리를 했다. 이 주 만에 다시 이모를 만나고 온 다음 날 아침에 침대 머리에 등을 기대 앉은 채 난데없이 이렇게 말한 것이다.

"아무래도 이모의 결정을 지지해 드리는 게 좋을 것 같아."

그녀는 새벽부터 잠을 이루지 못했는지 아니면 아예 잠을 자지 않은 건지 이른 아침임에도 정신이 도렷해 보였다.

"왜 갑자기?"

"어떻게 죽을지는 삶에서 가장 중요한 문제고, 누구든 그걸 선택할 권리가 있어."

"네 말이 맞아. 그리고 그걸 사람들은 자살이라고 하지."

"신중히 생각하고 말하는 거야. 꼭 그렇게 비꼬아야겠어?"

"우리는 신중히 생각할 필요가 없어. 지금 신중해야 할 사람은 이모뿐이야."

"이모가 신중하지 않았을 거라고 생각해?"

"그럼 이모한테 이렇게 말할까? 알았어요, 이모. 이모 뜻을 잘 알겠어요. 유산은 고맙게 잘 쓸게요. 그럼 스위스까지 편안한 여행 되세요."

해원은 대답하지 않았다.

한동안 나와 해원은 각자의 일로 바빠 이모를 찾아갈 시간이 없었다. 사실 찾아갈 시간이 없다기보다는 잠시 그 일을 미뤄 놓기에 좋은 핑계를 찾았다는 쪽에 가까웠다. 그리고 우리는 그 일에 대해서 대화를 나누는 것을 (의식적으로든 아니든) 피했는데 그 이유는 앞으로 이모에게 일어날 일에 대한 판단—윤리적 판단과 현실적 판단을 동시에 내려야 하고 그것이 옳은지 스스로도 확신하지 못한 상황에서 빠른 시간 내에 그것을 공개한 뒤 행동에 나서야 했기 때문이었던 것 같다. 이모에게 몇 번 전화를 하긴 했지만 나는 무슨 말을 해야 할지 몰랐다. 이모에게 안부를 묻고, 이모가 내 안부를 묻고, 내가 "여전히 생각은 변함이 없으세요?"라고 묻고 이모가 "그래, 그리고 아마 변할 일은 없을 거다"라고 대답하는 식의 통화를 몇 번 한 후로는 그 일에 대해서 입을 열기가 쉽지 않았다. 그렇다고 아무 일도 없었던 것처럼 지낼 수는 없어서 생각날 때마다 전화를 하긴 했지만 그저 밥은 드셨냐 건강은 괜찮냐 같은, 지금 상황에서는 무의미해 보이는 질문들을 했을 뿐이었다.

나는 해원에게는 물론, 스스로에게도 납득이 될 만한 결론을 내리지 못하고 있었다. 나는 나 자신을 설득하지 못하고 있었다. 아니, 그게 아니라 스스로를 설득할 '내용'을 가지고 있지 않았다. 나는 오랜 기간 지속해 온 해원과의 논쟁에서는 매 주제에 대해 직관적으로 결론을 내린 뒤 그것을 연역적으로 증명하는 식의 대화를 해 왔다. 그런 방식으로 한다면 이렇게 말해야 했다. "모든 인간은 스스로의 생존 여부를 결정할 권리가 있어. 그리고 이모는 인간이야. 그러므로 이모는 자신의 생존 여부를 스스로 결정할 권리가 있어." 하지만 귀납적으로 생각해 본다면? "누구도 신체 건강한 가족이 죽겠다고 할 때 그냥 두고만 있지 않아. 아마 내게 전화를 건 그 변호사도 막상 자기 일이 되면 그러고만 있지 않을 거야. 심지어 이모도 내가 그러겠다고 하면 온 힘을 다해서 말릴 거야. 그러니 나는 역시 이모를 스위스로 보낼 수 없어."

나와 해원은 이모의 계획을 들은 이후로, 놀랍게도 다른 어떤 일로도 말다툼을 벌이지 않았다. 생각해 보면 우리에게는 우리가 나누는 말 외에는 아무 문제도 없었는데, 부부 상담사는 이렇게 말하기도 했다.

"두 분에게는 아무런 문제가 없어요. 두 분은 논리에 대한 강박을 갖고 있을 뿐이에요. 관념적인 대화를 줄이세요. 구체적인 대화를 하세요. 현실에 대해 이야기하세요."

그때 아마도 우리 둘 중 하나가 이렇게 대답했던 것 같다.

"선생님, 우리는 늘 현실에 대해서만 이야기해요. 우리 주변을 둘러싸고 있는 일들은 모두 현실이라고요."

우리는 이모에게 새 화분을 사 가지고 갔다. 나는 거의 내 어깨까지 오는 율마 화분을 힘겹게 거실로 옮겼다. 그러나 이모는 화분에 대해 아무 말도 하지 않았고 나도 무슨 말을 보태지 못했다. 나는 이모에게 물은 얼마나 줘야 하는지, 햇볕은 얼마나 쬐여 줘야 하는지 화원에서 들은 대로 이야기해 주었지만 이모도 말하는 나도 그 말을 귀담아듣지 않았다.

그리고 에멘탈치즈와 함께 코냑을 마시며 백개먼을 했다. 우리는 이모의 계획에 대해 들은 적이 없는 것처럼 평범한 대화를 나누며 게임을 했다. 이모도 그 이야기는 더 이상 하고 싶지 않은 듯했다. 나와 해원은 백개먼을 하는 게 너무 오랜만이라 자꾸 규칙을 헷갈려했다. 백개먼은 주사위 두 개를 굴려 자신의 말을 탈출시키는 게임인데, 그날따라 이모는 자꾸 가장 높은 눈인 쌍륙이 나왔고 우리는 속수무책으로 당했다. 나중에는 내가 빠지고 이모와 해원 둘이서 몇 판 승부를 벌였지만 마치 신이 돕는 것처럼 주사위 눈은 이모에게 유리하게 나왔고 해원은 한 판도 이기지 못했다. 이모는 쌍륙이 나올 때마다 세상에서 가장 행복한 사람처럼 웃음을 터뜨렸다. "내가 이 맛에 이걸 하지." 이모가 기어이 '백개먼'을 달성하며 압도적인 승리를 거뒀을 때 해원은 더 이상은 못 하겠다고 두 손을 들어 올렸고 그때는 이미 자정이 넘은 시간이었다. 이모는 코냑을 꽤나 많이 마셨는데, 내가 그만 마시는 게 좋겠다고 하자 나른한 몸짓으로 손을 휘휘 저었다. 나는 그래서 말리는 것을 그만두었다. 그래 어차피, 하는 생각을 하다가 나는 그런 생각을 하는 나 자신에 대해서 놀랐고, 그래서 어차피,까지만 생각하고 그다음에 생각하려 했던 것에 대해서는 생각하지 않았다.

내가 이모에게 무언가 말을(무슨 말을 하려던 건지는 나도 모르지만) 하려고 했을 때 이모는 주사위를 들어 올리더니 그것을 만지작거리며 이야기를 시작했는데, 이런 내용이었다.

"처음 스페인에 갔을 때는 특별히 할 일이 없었어. 그때는 지금처럼 인터넷 같은 게 있지도 않았거든. 아는 사람도 없었고. 저녁 일곱 시만 되면 거의 모든 가게가 문을 닫았어. 그래서 백개먼을 배웠지. 밤늦게까지 할 만한 거라고는 그것밖에 없었어. 그곳 사람들은 모이기만 하면 백개먼을 했어. 나는 그 민속놀이 같은 게 뭐가 재미있나 했지. 나한테 그걸 알려 준 사람은 호세라는 남자였는데 우리 회사에서 고용한 선장이었어. 그 사람은 못생겼지만 나쁜 사람은 아니었어. 거기에는 나쁜 사람도 많았지. 늘 조심해야 했어. 추행을 당하는 것은 일상이었지. 그래서 나는 거기서 남자처럼 행동했어. 목소리를 높이고, 사람들을 거칠게 대했지. 술을 많이 마셨고, 종종 마리화나를 피웠어. 그리고 백개먼을 했지. 처음에는 푼돈을 걸고 했지만 나중에는 판돈이 점점 커졌어. 딸 때도 있고 잃을 때도 있었지. 몇 년간은 재미있었어. 한국에 있을 때에 비하면 벌이가 아주 좋았고, 일도 어려울 게 없었어. 그저 그곳에서 시간을 보내는 방법만 알면 됐어. 선장들은 한국에서 온 무역업자들에게 잘 보이려고 노력했어. 한국 회사에 수산물을 대면 안정적으로 돈을 벌 수 있었거든. 그런데 어느 날 호세가 나를 찾아와서 한 번만 도와 달라는 거야. 자기를 구해 달라고 했어. 듣고 보니 며칠 후에 아주 큰 판을 벌이기로 했다는 거였어. 배를 걸고 백개먼을 하기로 했다는 거였지. 호세는 자신이 연달아 돈을 잃었고, 배를 따지 않으면 살아갈 방도가 없다고 했어. 나는 아주 살짝만 거들면 된다고 하면서. 게임에 꼈다가 물러나서 중요한 순간에 주의를 끌어 주기만 하면 된다고 했어. 아마도 내가 동양인이고 여자이기 때문에 부탁을 한 거겠지. 나는 거절했지만 그는 끈질기게 부탁했어. 은근히 협박도 했지. 내가 이미 이 계획을 알아 버렸으니 자신을 도와줄 수밖에 없다는 거야. 그리고 자신에게 무슨 일이 생기면 그곳에서 계속 일하는 데 곤란함을 겪을 거라고도 했지. 그는 흥분했는지 겁을 먹었는지 떨리는 목소리였지만 물러설 것 같지 않았어. 호세의 계획은 너무 간단해서 웃음이 나올 정도였어. 주사위를 교묘하게 깎아서 쌍륙이 잘 나오게 만든 거였지. 겉보기에는 정육면체의 평범한 주사위일 뿐이었지만 시험 삼아 굴려 봤더니 정말 자주 쌍륙이 나왔어. 그게 다였어. 아주 단순했어. 손으로 깎아 낸 조악한 주사위로 배 한 척을 얻으려고 했던 거지. 나는 그가 신호를 보내면—주사위를 바꿔치기할 때 말야—어떻게든 상대의 주의를 끌면 됐어. 위험한 일이긴 했지만 어려운 일은 아니었지. 나는 사실 그가 말한 성공 보수나 어설픈 협박 때문이 아니라 그저 호기심 때문에 그 일에 가담하기로 했어. 들통이 나더라도 다른 나라에서 온 무역업자를 어떻게 하지는 못할 거라는 순진한 생각도 있었지. 나는 역할을 제대로 해냈어. 호세도 잘했지. 처음이 아닌 것처럼 능숙했어. 내가 상대의 주의를 끌 때 그는 주사위를 잽싸게 바꿔치기했어. 아무도 눈치채지 못했지. 호세의 주사위 눈은 확실히 좋았어. 효과가 있었던 거지. 그런데 이상한 일이 일어났어. 상대는 호세보다 더 많이, 계속해서, 마치 기적처럼 계속해서 쌍륙이 나왔어. 마치 신이 장난을 치는 것 같았지. 호세는 더욱 필사적으로 주사위를 굴렸지만 결국 그날 그는 배를 잃었어. 그러고는 나한테 화를 냈지. 내가 역할을 제대로 못해냈다면서. 사실 내가 역할을 제대로 해냈다는 걸 그도 알고 있었어. 그래서인지 나중에는 여자와 팀을 짜서 부정을 탄 거라고 했지. 그러고는 주저앉아서 울었어. 아이처럼 큰 소리로 울었지. 나는 울고 있는 그를 남겨 두고 집으로 돌아왔어. 그리고 새 동업자를 찾았지. 얼마 후에 나는 회사를 그만두고 사업을 시작했고, 너도 알고 있듯이 회사에 소속되어 있을 때보다 많은 돈을 벌었어. 그가 계속 성실히 일했더라면 내 삶도 바뀌었을지도 몰라. 그런데 재미있지 않니? 어쨌든 호세는 상대를 속이는 데 성공했지만 배를 잃었고, 상대는 호세에게 속았지만 배를 얻었잖아."

그 밤이 지나고 얼마 후 해원과 나는 이모와 함께 취리히행 비행기에 올랐다. 그 과정에서 엄마는 몇 번이고 이모를 어르고 달래고 사정했다. 이모는 오히려 침착하게 엄마를 설득했다. 엄마는 이모의 결심이 우리 모두의 예상보다 훨씬 굳건하다는 것을 깨달은 후에는 더 이상 말을 하지 않았다. 엄마는 아마 나와 비슷한 생각을 했던 것 같다. 이모에게는 우리 외에는 가족이 없었고 몇 명의 친구들을 제외하면 작별을 고할 사람은 우리뿐이었다. 이모가 그대로 스위스로 떠난다면 그녀는 누구의 이해도 받지 못한 채로 세상을 떠나게 되는 것이었다. 그래서 엄마는 끝까지 이모를 말리지 못했던 것 같다. 그러나 공항에 나가지는 않았다. 차마 거기 나가서 배웅은 할 수 없을 것 같다고 했다. 그래서 엄마는 이모가 떠나기 전날 함께 한정식을 먹고 나서 헤어졌다. 스위스로 향하는 비행기에서 이모가 말하기로는 헤어질 때 엄마는 이모를 부둥켜안고는 이렇게 말했다고 한다. "그냥 유럽 여행이나 하다 돌아와. 정말로 죽으면 앞으로 언니 다시는 안 볼 거야." 그리고 이모는 이렇게 덧붙였다. "네 엄마는 꼭 내가 거기서 안락사라는 걸 한 다음에 다시 한국으로 돌아올 것처럼 말하더라니까."

우리는 취리히 공항에서 차를 빌린 뒤 이모가 아파트를 빌려 두었다는 우스터시市로 향했다. 이모는 고급 호텔에 묵고 싶어 하지도 않았고 마지막으로 알프스를 보고 싶어 하지도 않았다. 나는 이모가 스위스로 올 때 일등석을 타지 않은 것이 이상하다고 생각했지만, 일등석을 탔다면 그것도 그것 나름대로 이상했을 거라는 생각도 들었다. 운전은 이모가 했다. 이모는 나와 해원이 함께 오겠다고 해서 오긴 했지만 누구의 도움도 받지 않고 준비된 곳까지 가고 싶다고 했다. 자동차 안에서는 이모가 기르던 고양이에 대해서 이야기했다.

"복순이(이모가 기르던 삼색 고양이의 이름이다)는 신부전으로 고생했어. 나이가 들어서는 제대로 밥도 먹지 못했지. 당연히 오줌을 눌 때마다 고통스러워했어. 나중에는 합병증으로도 고생했지."

나와 해원은 뒷좌석에 앉아 듣기만 했다.

"그래서 내가 병원에 데려갔어. 그리고 주사를 놓아 줬지. 오래 걸리지도 않더라. 정말이지 잠든 것 같았어."

"이모, 이모는 고양이가 아니에요." 나는 나도 모르게 쏘아붙이듯 말했다.

"나는 복순이에게 완벽한 삶을 주고 싶었어. 고양이는 과거와 미래를 생각하지 않아. 고양이에겐 현재밖에 없지. 나는 복순이가 매 순간 완벽한 시간을 보냈으면 했어. 어떤 고통도 없이. 아마 거의 그랬을 거야."

"이모, 아무래도 안 될 것 같아요. 더 이상은 안 되겠어요. 이게 다 뭐 하는 짓인지 저는 아무리 생각해도 모르겠다고요."

"얘야, 이건 용기가 필요한 일이야. 내가 하려는 건 지금까지 이모가 한 일 중에 가장 용기가 필요한 일이야. 복순이를 그렇게 보내 주는 것도 용기가 필요한 일이었어."

"그럴 이유가 없어요. 용기를 낼 필요가 없는 일이라고요."

"두 번째였어. 한 번 복순이를 병원에 데리고 갔다가 참지 못하고 도로 나왔거든. 그곳에 다시 가는 데에는 처음보다 더 큰 용기가 필요했지."

이모가 그렇게 말해서 나는 입을 다물었다. 정말로 스위스에 가게 된다면, 스위스에서는 이모와 다투지 않겠다고 다짐했기 때문이다. 이모는 내비게이션을 보고 찾아간 한 건물 앞에 차를 세웠다. 전체적으로 큐브 형태의, 나무로 만든 이층집이었다. 외벽이 푸른색으로 도장된 그 집은 겉으로 봐서는 뭐 하는 곳인지 알 수가 없었다. 이모는 우리더러 잠시 기다리라고 한 뒤에 그곳에 들어가서 한 시간 정도 나오지 않았다. 이모가 우리를 안심시킨 뒤 벌써 일을 끝냈나 하는 걱정마저 들었을 무렵 그녀는 차로 돌아왔다. 그러고는 다시 차를 몰아 시내로 향했다. 시내에 들어서서는 한 아파트 앞에 차를 세웠다.

"다 왔다. 너희는 들어와도 되고 들어오지 않아도 돼."

나는 들어가지 않겠다고 했다. 해원은 아무 대답도 하지 않았다. 이모는 나와 해원을 한 번씩 안았다. 나는 혹시라도 마음이 바뀌면 곧장 때려치우라고 다시 한번 말해야 하는지, 아니면 정말로 마지막이 될지 모르니 그동안 고마웠다고, 잘 가시라고 인사말을 해야 하는지, 아니면 다른 어떤 말을 해야 하는지 알 수 없어서 그냥 이모를 쳐다보기만 했다. 해원은 이모에게 고개를 꾸벅 깊이 숙여 보였다.

이모가 안으로 들어간 뒤 우리는 길에 그대로 서서 어찌할 바를 모르고 있었다. 얼마 후에 의사 가운을 입은 나이 든 여자가 아파트 안으로 들어갔다. 인터넷으로 알아본 바에 의하면 의사는 신청자가 자신의 의지로, 스스로의 힘으로 약을 먹도록 도와주는 일만 한다고 했다. 그리고 마지막에는 얼마든지 마음을 바꿀 시간을 준다고 했다. 신청자는 일 분 만에 그 약을 들이켜도 상관없고, 반나

절을 고민하다가 포기해도 괜찮다고 했다. 초여름의 강한 햇빛이 쏟아지고 있어 나와 해원은 손차양을 만들어 이모가 올라간 아파트의 창문을 바라보고 서 있다가 처마 아래 그늘로 자리를 옮겨 앉았다. 멀지 않은 곳에 수탉 모양의 풍향계가 높이 솟아 있는 게 보였는데 그것이 바닥에 길쭉한 그림자를 만들고 있었다. 마치 물음표를 그리고 있는 듯한 그림자가 아주 서서히 움직여 이모가 있는 아파트까지 다다르는 동안 우리는 바닥에 앉아 말없이 무언가를 기다렸다. 그러나 나는 의사가 나오든 이모가 나오든 무슨 말을 해야 할지 알 수 없었고, 그래서 해원과 나는 말하는 법을 잃은 사람들처럼 그곳에서 침묵한 채 기다렸고, 그리고 아무것도 기다리지 않았다.

손원평

2016년 장편 소설 『아몬드』로 창비청소년문학상을 수상하며
작품 활동을 시작했다. 소설집 『타인의 집』, 장편 소설 『서른의 반격』,
『프리즘』, 『튜브』 등을 썼다. 제주4·3평화문학상, 일본서점대상을 수상했다.

06

상자 속의 남자

나는 상자 속에 산다. 꽉 닫힌 상자 안은 안전하다. 나는 그 안에 머물면서 세상을 지켜보고 관찰한다. 응시하고 싶은 것을 응시하다가 불편해지면 눈을 질끈 감아 버린다. 이런 얘기를 들려줬더니 형은 옅은 미소를 지었다. 미소가 아니었는지도 모른다. 형이 어떤 기분인지를 표정으로 알기란 쉽지 않다. 거의 굳어 있는 형의 얼굴에서 표정이라고 해 봐야 한쪽 입꼬리를 어색하게 올리는 것뿐이다. 그리고 형은…… 아니다. 그의 자세한 상태를 묘사하는 건 내게도 형에게도 즐거운 일이 못 된다. 내가 말할 수 있는 건 형이 처음부터 이런 모습은 아니었다는 사실뿐이다.

한때 형은 누구보다 우렁찬 목소리를 가지고 있었으며 아침 햇살처럼 밝은 미소를 아낌없이 내비치던 사람이었다. 형이 이렇게 된 이유는 그가 상자 밖으로 부주의하게 뛰쳐나갔기 때문이다. 그러므로 내가 상자 속에 머무는 건 당연하다. 누구도 들어올 수 없고 내가 함부로 나갈 염려도 없는 이곳에서 나는 안전하고 평화롭다.

그렇다고 해서 내가 세상과 단절된 삶을 사는 건 아니다. 내게는 어엿한 직업이 있고 생활 속에서 매일 사람들과 말을 섞는다. 고된 상하차 작업에 대해 동료들과 푸념을 늘어놓기도 하고 엘리베이터에 탔을 때 멀리서 걸어오는 할머니를 위해 닫히려던 문을 다시 열어 주기도 한다. 드물지만 내가 건넨 물품을 수령하는 사람과 가벼운 인사를 나누는 순간도 있다. 하지만 그건 예의의 범주에 속한다.

그렇게 하지 않으면 기분 나쁜 사람이라는 평가를 받게 될 테고, 차곡차곡 쌓인 불만과 클레임은 어떤 식으로든 내게 해를 끼칠 것이다. 기본적인 예의와 사회성을 갖추고 때로는 억울함을 견디며 손해 보는 느낌을 묵묵히 참아 넘기는 것. 그것이 나 같은 노동자들이 살아남기 위해 벌이는 소리 없는 투쟁이다.

물론 참기 힘든 순간도 더러 찾아온다. 주소 입력 오류로 생기는 번거로움이나 배송 지연에 대한 클레임 같은 건 아무것도 아니다. 최악의 상황은 얼굴을 맞댄 상대와 문제가 발생할 때 빚어진다.

한번은 집 안까지 무거운 생수 팩을 들여놓으라는 할아버지와 싸움이 붙은 적이 있다. 날은 더웠고 땀에 젖어 등에 철썩 들러붙은 셔츠가 척척했다. 눈앞엔 막 내려놓은 생수가 산더미처럼 쌓여 있었다. 벌컥 문을 연 할아버지는 대뜸 꺼끌꺼끌한 목소리로 현관 안까지 생수 팩을 옮기라고 명령했다. 첫마디부터 그렇게 공격적이지 않았다면 나도 마음을 바꿨을지 모른다. 하지만 다짜고짜 반말에 삿대질을 섞어 이걸 여기 두는 게 생각이 있는 짓이냐고 호통을 치는 데엔 도리가 없었다. 매뉴얼대로 택배 규정상 물품을 집 안까지 들일 의무가 없다고 응했으나 그는 막무가내였다. 나는 침착한 말투를 유지하려 애썼지만 돌아온 건 입에 담기 힘든 욕설과 직업 비하, 그리고 눈앞에서 쾅 닫히는 문의 굉음이었다. 관자놀이에서 굵은 땀이 쭉 흘러내렸고 주먹이 불끈 쥐어졌다. 생각할 틈도 없이 내 주먹은 문을 두드리고 있었다. 쾅쾅쾅쾅. 녹슨 철제문이 삐걱대는 소리가 사나운 개가 짖는 것처럼 복도를 컹컹 울렸다. 내 안에선 걷잡을 수 없는 분노가 번져 나갔다. 문 뒤의 노인은 응답하지 않았다. 다행이었다. 문이 열렸다면 즉시 주먹이 나갔을 것이고, 나는 직장을 잃었을 것이고, 나 자신과 세상을 한층 더 미워하게 됐을 테니까.

다행히 시간이 흐를수록 고객의 얼굴을 볼 일도, 업무 중 해야 할 말의 수도 줄어들었다. 내 일은 점점 단순해져서 대부분은 고객을 상대하지 않은 채 박스를 싣고 닫힌 문 앞에 던져두는 것으로 끝난다. 그 과정은 반복적이고 고되지만 어떤 의미에선 정확히 내 세계관과 일치한다. 굳게 닫힌 문 앞의 밀봉된 상자. 서로 마주칠 필요도, 상자 안에 든 물건이 무엇인지 알 필요도 없다. 이 일에서 가장 중요한 건 물건이 안전하게 배달되는 것뿐이다. 안전. 내 삶의 모토, 내가 상자 속에 사는 이유도 바로 그것 때문이다.

가끔 들르는 공원에서는 아이들이 뛰어논다. 벤치에 가만히 앉아 있노라면 아이들이 눈앞에서 넘어지는 걸 보게 되는 경우가 생긴다. 그럴 때면 손을 내밀어 아이를 일으켜 주고 싶은 마음이 든다. 형이 그랬듯 내 본능도 그러하다. 하지만 난 아이들에게 손을 내미는 대신 필사적으로 몸을 웅크려 손이 뻗어 나가지 않도록 단속한다. 누군가를 해치기 위해 주먹을 들면 안 되는 것처럼 누군가를 돕기 위한 손길도 내밀어서는 안 된다. 내 손은 누구를 향해서도 나아가지 않는다. 삶이 내게 가르쳐 준 씁쓸한 관성이다.

처음부터 내가 이런 종류의 삶을 산 건 아니었다. 형이 아니었더라면 모든 게 지금과 같지 않았을 거다. 한때 형은 빛이었으며 뒤따르고 싶은 길 같은 존재였다. 아무리 애를 써도 내가 부족해 따라갈 수 없던, 그럼에도 마냥 자랑스럽고 든든하기만 했던 형. 내가 형을 닮지 않은 건 축복이었을까, 저주였을까.

타고나길 약하고 소극적이었던 나와 달리, 형은 무엇을 해도 잘해 냈고 어딜 가든 인기가 많았다. 탄탄하고 다부진 몸을 가졌지만 힘을 함부로 과시하거나 으스대는 대신 진솔하고 소탈했다. 하지만 그 형은 과거의 형이다. 이제 내가 이 주에 한 번 의무적으로 보러 가는 형은 어두운 6인 병실에 누워 천장만 바라보며 쌕쌕댄다. 그의 시간은 십이 년째 멈춰 있다.

그날 밤, 그 참혹했던 밤. 내가 함께였다면 난 형을 말렸을까. 수갑을 찬 듯 내 안에 결박된 손을 뻗어 무모한 운명으로 향하려던 그의 걸음을 저지할 수 있었을까. 그랬더라면 형은, 지금도 웃고 떠들며 힘찬 걸음을 내딛는 사람이었을까.

◆

당시 우리는 높다란 언덕배기의 낡은 아파트에 살았다. 정문을 통하는 것보다 오래된 주택가를 낀 옆문을 통하는 편이 빨랐는데, 그곳은 인적이 드물어 주로 개인이 소유한 트럭이나 택시 따위의 차들을 세워 두는 장소로 쓰였다. 길고 경사가 심해서 사이드 브레이크를 올리고도 반드시 뒷바퀴에 벽돌을 받쳐 놓아야 안전한 길이었다.

그날 밤 형은 술을 한잔 걸치고 집으로 돌아오고 있었다. 언덕 꼭대기엔 여느 때처럼 파란 트럭이 하나 세워져 있었다. 형이 길 초입에 서서 담배를 한 대 피우려고 주머니를 뒤지던 때였다. 옆 골목이 소란해지나 싶더니 젊은 부부가 가로등 불빛 아래 몸을 드러냈다. 둘은 다투고 있었는데 소리가 점차 커지는 것으로 보아 쉬이 끝날 싸움 같진 않았다. 그들 옆으로는 서너 살 먹은 아이가 아장거렸지만 언쟁에 몰두한 부부는 혼자 도로 건너편으로 걸어가는 아이를 신경 쓰지 못했다.

형은 꺼내려던 담배를 도로 넣으며 이만 자리를 피해야겠다고 생각했다. 막 걸음을 옮기려는데 설명하기 힘든 이질적인 느낌에 형은 눈을 끔뻑, 깊게 감았다가 떴다. 움직이지 않아야 할 배경이 바뀌고 있었다. 술을 너무 마셨나 의심한 순간 형은 깨달았다. 트럭이 천천히, 아주 느리게 미끄러지고 있었다. 바퀴 밑에 보여야 할 벽돌이 보이지 않았다. 부부가 아무것도 모른 채 서로를 비난하며 목소리를 높이는 사이 아이는 어느새 트럭의 직선거리 아래에 쪼그리고 앉아 돌멩이를 땅에 두드리며 놀고 있었다.

서서히 움직이던 트럭에 갑자기 가속이 붙었다. 그것은 언덕 아래를 향해 푸른 불꽃이 번지듯 매섭게 질주하기 시작했다. 생각할 틈도 없었다. 형은 번개처럼 몸을 굴려 아이를 거칠게 밀어냈고 다음 순간 트럭 아래로 자취를 감췄다. 그제야 부부는 싸움을 멈추고 정체를 알 수 없는 끔찍한 소리를 향해 얼굴을 돌렸다.

형의 이야기는 신문과 뉴스에 실렸다. 다투던 부부는 왜인지 얼굴이 모자이크 처리된 채 인터뷰를 했다. 아이는 팔에 상처를 입었을 뿐 무사하며, 깊이 감사드린다고 얘기하는 목소리는 공손했으나 어딘가 냉랭했다. 형은 용감한 시민상을 받았지만 시상식에는 내가 대신 갔다. 구청장이 전해 주는 차가운 금속 패를 만질 때 이상하게 몸에 소름이 돋았다. 그 모든 일이 일어나는 동안 형은 만신창이가 되어 병실에 누워 있었다. 취재진이 예의 없이 들이미는 마이크에 형은 온몸이 붕대와 깁스로 압박된 채 어눌한 발음으로 이렇게 말했다. 당연히 했어야 할 일을 한 것뿐이라고.

시간이 흘렀다. 형이 가졌던 것들이 차츰 사라졌다. 형의 일, 뽑은 지 얼마 안 된 차, 홀로 계시던 어머니, 결혼을 약속했던 여자친구, 그리고 형을 찾아오던 많은 발길들. 불행만 나열한 듯 쓸쓸한 삶. 그 삶이 우리의 것이 됐다.

아주 가끔 그 부부의 삶을 엿본다. 사고가 난 곳 근처의 주택가는 허물어지고 그 자리에는 아파트가 올라갔다. 부부는 아파트 입구 상가에서 꽃집을 한다. 가게 이름을 검색하고 SNS를 통해 그들의 일상을 훔쳐보는 건 어려운 일이 아니다. 그들의 삶은 평화롭고 윤택하다. 환한 미소가 가득한 일상에는 귀여운 반려동물이 함께하며 해외여행의 흔적과 새로 산 물건들이 주는 작은 기쁨이 녹아 있다. 그들에게 그런 삶을 허락한 건 형이다. 그 대가로 그는 정지된 시간 속에서 욕창이 가득 번진 몸으로 의미 없는 숨을 쉰다.

딱 한 번, 그들의 가게에 들어가 본 적이 있다. 아무도 없는 공간에 알록달록 예쁜 꽃들이 숲처럼 우거져 있었다. 나는 요정의 정원에 들어선 듯 어지러운 꽃향기에 넋을 잃은 채 어쩔 줄 모르고 서 있었다. 받아 본 적도, 선물해 본 적도 없는 이름 모를 꽃들이 낯설기만 했다.

그때 가게 안으로 깡마른 여자아이가 들어왔다. 엄마, 하고 부르는 목소리가 높고 맑았다. 아이의 얼굴을 보기도 전, 팔에 난 긴 상처가 눈에 띄었다. 사슬처럼 촘촘하게 이어진 색 바랜 상처 자국. 형이 구해 준 흔적, 그 아이가 살아남은 증거였다.

아이의 시선이 내 눈과 마주쳤다. 자신과 나의 삶이 어떤 식으로 엮였는지, 자신의 생이 무엇을 앗아 갔는지 전혀 알지 못하는 무심한 눈빛이 은테 안경 너머에 차갑게 자리하고 있었다. 나는 시든 꽃이라곤 한 송이도 없는 그곳을 도망치듯 빠져나왔다.

그날 밤 꾼 꿈을 잊을 수 없다. 수천수만 송이의 시든 꽃들 틈에서 얼굴이 보이지 않는 사람들이 끊임없이 외쳤다.

누가 도와 달랬어요? 감사하다고 충분히 말했잖아요. 한번 도움을 받았다고 평생 죄인처럼 살라는 겁니까? 누가 도와 달랬느냐고요…….

피해자는 가해자만 원망한다. 그러니까 형이 가만히 있었더라도 문제 될 건 없었다. 그 부부는 사이드 브레이크를 올리지 않은 트럭 운전사를 저주했겠지만 형을 나무라진 못했을 거다. 그들도 못 한 일이었으니까. 물론 그들은 형에게 감사해했다. 그러나 감사의 대가는 통렬하다. 당연히 해야 할 일을 한 것뿐이라고? 거짓말이다. 그렇게라도 말하지 않으면 무너질 수밖에 없기에 하는 새빨간 거짓말일 뿐이다. 나는 깊은 밤 형이 고통과 회한에 울부짖는 모습을 수없이 봤다.

사람들은 감사의 마음을 쉽게, 너무나 빨리 잊어버린다. 고맙다고 인사를 건네고, 다행이라고 한숨을 내쉬고, 그러곤 아무 일도 없었다는 듯 일상으로 돌아간다.

아주 오랜 시간 동안 나는 그 사실에 분노했었다. 하지만 시간이 흐르자 내 생각은 조금 더 합리적인 쪽으로 기울었다. 사람들이 쉽게 감사의 마음을 잊는다면 방법은 간단하다. 굳이 남들이 감사할 일을 하지 않으면 그만인 것이다. 누군가가 고마워할 만한 일을 한다는 건 내가 더 위험해지거나 손해를 본다는 뜻이니까. 그러니까 명심하고 새겨야 한다. 절대로, 절대로 나와 상관없는 일에 뛰어들어서는 안 된다.

크리스마스이브의 일을 겪으면서도 그 생각은 변하지 않았다.

연휴를 앞두고 새벽부터 쌓여 가는 눈으로 고생이 훤한 날이었다. 다음 날이 크리스마스라는 사실이 짜증스럽기만 했다. 눈길에 거북이 운행을 하는 차들 틈에서 연거푸 경적을 울렸지만 달라지는 건 없었다. 엎친 데 덮친 격으로 아침부터 쿨럭거리던 엔진 소리가 심상찮아 갓길에 차를 대자마자 타이어에서 푸슉 바람 빠지는 소리가 났고 차는 완전히 멈춰 섰다.

본사 작업반장과 문자를 주고받으며 이런 경우는 매뉴얼상 천재지변에 속하므로 큰 문제가 없을 거라는 답을 듣고 나서야 잔뜩 굳었던 몸이 풀리기 시작했다. 보험 회사에서는 도로 사정으로 도착하는 데 시간이 조금 걸린다고 했지만 내 마음은 이미 한결 여유로워져 있었다. 이제 얼마간은 쫓기듯 다음 목적지를 향해 가지 않아도 괜찮았으니까.

차창 너머에는 눈으로 뒤덮인 청계천이 펼쳐져 있었다. 거리는 하얗게 칠한 듯 완전히 다른 풍경으로 바뀌어 있었고 주변의 소음마저 백색 눈송이 안으로 빨려 들어가는 것 같았다. 날씨의 변화를 온전히 느껴 본 게 얼마 만이었던가. 비나 눈이 오면 무조건 배송 지연부터 떠올렸었는데 뜻하지 않은 일로 나는 오히려 날씨가 바꿔 놓은 도시를, 크리스마스이브의 풍경을 감상하고 있었다. 잠시나마 세상이 아름다워 보였다. 나는 차 문을 열고 밖에 나왔다. 지나가는 구세군 합창단의 행렬에 울리는 노랫소리가 경건하고 아름다웠다.

한 식당의 문이 열리더니 모녀로 보이는 여자 둘이 걸어 나왔다. 체구가 단단한 할머니와 검고 긴 생머리의 여자였다. 그들은 자신들이 어른이라는 걸 잊은 듯 아이들처럼 폴짝거리며 눈밭에서 즐겁게 뛰놀았다. 경쾌한 웃음소리가 끊이지 않았다. 그래. 가족이란 저런 거였지. 뭉클한 기분에 내 눈길도 두 여자의 발랄한 몸짓을 좇았다. 그때 묘한 풍경이 시선을 사로잡았다. 한 남자가 그녀들을 향해 다가가고 있었다. 걸음걸이가 몹시 불안정했는데 눈길이 미끄러운 탓인지 의도적인 것인지는 분간하기가 힘들었다. 이미 조금 전부터 그의 존재를 눈치챈 행인들이 왜인지 동요하고 있었다. 그 순간 나는 내 눈을 의심하지 않을 수 없었다. 남자의 손에 칼이 들려 있었다. 내 입에서 소리가 튀어나오기도 전에 남자가 망치를 든 다른 쪽 손을 올렸다. 비명 소리가 들리고 상처 입은 여자가 바닥에 미끄러졌다. 순식간의 일이었다.

호흡이 가빠지고 손이 부들부들 떨렸다. 그들은 나와 멀지 않은 거리에 있었다. 걸음으로 따지자면 스무 걸음쯤. 하지만 난 동상이라도 된 것처럼 자리에서 한 발짝도 움직일 수가 없었다. 도와주세요. 여자가 소리쳤지만 그녀의 목소리는 맥없이 끊어졌다. 새하얀 눈에 여러 차례 새빨간 자국이 새겨졌다. 나이 많은 여자가 무언가를 막듯 식당 문에 기대섰고, 또 한 번의 타격이 뒤따랐다. 그녀가 쓰러진 붉은 유리문 뒤로 한 소년이 보였다. 무심하고 무표정한, 그날의 다른 장면들만큼이나 어울리지 않던 얼굴로 그 애는 문밖에서 일어나는 일들을 바라보고 있었다.

그 뒤의 장면들은 잘 기억나지 않는다. 깨어진 성가대의 소리가 귀를 왕왕 어지럽혔고 속수무책의 일들이 연이어 벌어졌다. 그 모든 일들이 끝날 때까지 나는 여러 차례 형의 손길을 느꼈었다. 내 등을 떠미는 형의 손길.

그러나 나는 고개를 절레절레 저으며 눈 속에 발을 묻은 채 버티고 서서 미동도 하지 않았다. 그것이 내가 살아남은 방법이다. 내 삶의 기준대로, 형이 내게 남긴 교훈대로.

그날 밤 나는 너덜너덜해진 정신으로 텔레비전 앞에 앉았다. 하루 종일 굶은 탓에 머리가 핑 돌았지만 허기는 느껴지지 않았다. 끔찍한 하루였다. 동료가 대신 트럭을 몰고 간 후 경찰서에 참고

인 신분으로 출석하고 뒤늦게 저녁 조에 배정돼 할당을 채우고 왔다. 하루에 일어나기엔 너무 많은 일을 겪은 후였다. 내일이 크리스마스라는 사실이 믿기지 않았다. 뉴스에서 낮에 있던 일이 보도됐지만 나는 그대로 전원을 꺼 버렸다.

그 후 며칠간 주어진 짧은 휴가 동안 나는 아무것도 할 수가 없었다. 지워 버리기엔 그날의 기억이 너무나 선명했다. 도와 달라던 절박한 외침. 내 발 위로 쌓여 가던 눈. 그리고 피로 붉게 물든 문 뒤에 서 있던 소년의 얼굴이 자꾸만 떠올랐다.

결국 이틀 뒤 나는 부고 기사에 적힌 병원 장례식장에 찾아갔다. 삼일장으로 치러지는 합동 장례식의 발인 전날이었다. 장례식장엔 생각만큼 사람이 많지 않았다. 막연한 애도의 마음으로 찾아간 길이었다. 아무도 나를 탓하지 않았지만 어쩌면 그렇게라도 해야 죄책감에서 벗어날 수 있을 거라 생각해서였는지도 모른다. 그러나 넓은 공간을 채운 무겁고 침울한 공기가 피부에 닿자 나는 누구에게도 묵념을 올릴 자신이 없어졌다. 내가 희생자들의 유족과 한 공간에 있다는 사실이 너무 뻔뻔스럽게 느껴졌다. 나는 감당하기 힘든 기분을 안고 서둘러 발걸음을 돌렸다.

로비를 지나 엘리베이터를 기다릴 때였다. 옆으로 길게 배치된 대기 의자에 한 소년이 앉아 있었다. 검은 양복을 입고 있었지만 앳된 얼굴이 낯설지 않았다. 그날 본 붉은 문 뒤의 아이, 눈밭에서 엄마와 할머니를 잃은 아이였다.

그 애는 비교적 바른 자세로 앉아 깍지 낀 손을 무릎에 힘없이 내려놓은 채 앞을 바라봤다. 처음엔 침울해 보였다. 하지만 그건 그 애가 상복을 입었기 때문에 생긴 선입견이라는 걸 곧 알 수 있었다. 소년은 거기 앉아서 지나가는 사람들을 관찰하고 있었다. 장례식장에서 일하는 사람들, 눈물을 훔치는 유족들, 급한 발걸음으로 들어서는 조문객들을 유심히 쳐다봤다. 집요하게 무언가를 알아내고자 하는 눈빛은 아니었다. 하지만 사람 하나하나를 바라보는 눈길은 길었고 자기 나름대로 감상을 머릿속에 새기는 것 같았다. 나는 아이의 눈빛에 이끌려 엘리베이터를 타는 것도 잊고 천천히 그 애에게 다가가 두 자리 건너에 앉았다.

—뭘 그렇게 보니?

뭐라고 운을 뗄까 하다 말을 던졌다.

—사람들요.

아이가 짧게 답했다.

—사람들?

—네. 궁금해서요. 다들 무슨 생각을 하고 살아가는지.

아이가 잠깐 말을 멈췄다.

—할머니가 돌아가셨어요. 엄마는 아직 살아 있지만 죽을 수도 있겠죠. 살아나도 사는 게 아닌 상태가 될 수도 있고요.

높지도 낮지도 않은 담담한 어조였다. 가족의 비극을 이야기하는 십 대 소년의 말투치고는 지나치게 차분했다. 나는 아이를 위로하고 싶었지만 이렇게 크나큰 일을 겪은 이에게 해 줄 수 있는 말이 쉽게 떠오르지 않았다.

—……많이 화나지?

—그런 건 아니에요. 이해가 잘 안 가시겠지만 화를 낼 줄 몰라요. 알고 싶을 뿐이에요. 세상에 일어나는 일들에 사람들이 반응하는 방식에 대해서요. 거기에 어떤 이유가 있는지.

아이는 자신의 말을 더 정확히 하려는 듯 덧붙였다.

—그리고 나는 비슷한 일이 생기면 어떻게 했을까도 생각하고 있어요. 안다고 생각했는데 갑자기 모르게 됐거든요. 사실은 처음부터 몰랐던 거겠죠.

아이의 어조는 마치 인간을 기계로 치환한 것처럼 무미건조했다. 하지만 신기하게도 그 건조함 안에 옅은 호기심이 느껴졌다. 아니, 호기심보다는 탐구심이라는 표현이 더 어울렸다. 궁금함을 참지 못하는 어린아이 같은 호기심이 아니었다. 그보다는 학자처럼 차분한 태도로 세상을 관조하며 분석하는 느낌에 더 가까웠고, 나와 대화한다기보다 나라는 대상을 통해 자신의 생각을 정리하는 것처럼 보였다. 그런 역할이라도 해 줄 수 있다면 다행이었다.

—아저씨는 아세요?

아이가 물었고 나는 고개를 저었다.

—나도 마찬가지야. 분명 알고 있다고 생각했었는데…… 네 말처럼 사실은 처음부터 몰랐던 거겠지.

나는 길게 심호흡을 하고 용기 내 말했다.

—엄마가 꼭 회복되시길 바랄게.

하지만 뒤이은 아이의 말은 나를 당황시키기에 충분했다.

—정말 궁금한 게 있어요. 그날로 다시 돌아간다면 무언가 달라졌을까요.

그 애가 나를 뚫어지게 바라봤다. 내가 거기 있었다는 사실을 아는 걸까. 내가 못 박힌 듯 서 있기만 했다는 걸? 나를 쳐다보는 이 아이의 눈빛은 무엇을 의미하는가. 나를 비난하기 위함인가, 아니면 나의 반응을 시험하려는 건가. 아무것도 읽을 수 없는 표정은 나를 혼란스럽게 했고 더는 버티기가 힘들어졌다. 나는 전화가 걸려 온 척 스마트폰을 귀에 대며 일어섰다.

그 아이와 나눈 대화는 그게 전부였다. 어른으로서, 한 인간으로서 나는 그 애에게 답해 줄 말이 아무것도 없었다.

그러나 그 뒤로도 소년의 눈빛은 쉽게 잊히지 않았다. 아무리 생각해도 규정하기 힘든 표정이었다. 누군가를 탓하거나 원망하려는 의도가 아니었기 때문인지도 모른다. 정말로 이해가 가지 않아서, 아무도 답해 줄 수 없는 불가능한 어떤 답을 찾는 듯했다. 그 얼굴이 떠오를 때마다 나는 괴롭게 뒤척일 뿐이었다.

그 후 내 마음속에는 비밀이 생겼다. 떠올리는 것만으로도 진저리가 나는 잔인한 비밀이었다. 나는 트럭이 질주하던 순간 한발 늦게 고개를 돌린 부부의 심정을 알게 됐다. 미안했지만 동시에 가능한 한 빨리 잊고 싶었다. 끝까지 이해하고 싶지 않은 누군가의 마음을 이해할 수 있을 것 같다는 생각은 나를 끔찍하게 짓눌렀다. 아무런 흔들림 없이 지내던 내게 그런 종류의 고민은 반가운 일이 아니었다. 물건을 나를 때에도, 좀처럼 오지 않는 엘리베이터 앞에 무거운 수레를 대고 하염없이 기다리며 서 있을 때에도 괴로운 생각은 그치지 않았다.

새해가 된 지 며칠이 지나 형을 찾아갔다. 형의 낯빛은 한층 더 생기를 잃어 가고 있었다. 보온병에 싸 간 떡국을 조금씩 잘라 입에 넣어 줬지만 자꾸만 입 밖으로 국물이 새어 나왔다.

—형.

가만히 형을 불렀다. 참 오랜만에 불러 보는 것 같았다.

—이렇게 된 거 후회 안 해?

갑작스러운 물음에 놀랐는지 형은 몸을 움찔거렸다.

—그냥, 너한테 미안하다.

형의 말들은 글로 옮기면 짧지만 소리로 들으려면 아주 긴 시간이 걸린다.

—아니 미안한 거 말고. 후회 안 하냐고.

내가 물었다. 왠지 모르게 목소리에 화가 실렸다. 그리고 나는 해서는 안 될 질문을 던지고 말았다.

—그날로 다시 돌아가면 똑같이 할 거냐고.

형은 한동안 말이 없었다.

—그건 답하기가 힘들어. 쉽게 답해서도 안 돼. 어떻게 대답하든 누군가는 아파져.

—왜.

—똑같이 할 거라고 말하면 널 아프게 하는 걸 테고, 아니라고 하면 내가 비겁해지는 거니까.

—아니, 그런 답 말고. 형, 나 그동안 형한테 한 번도 물은 적 없어. 그럴 용기가 없었거든. 근데 알아야겠어. 알고 싶어. 만약, 만약 그날로 다시 돌아가면 어떻게 할 거야?

이미 눈물이 차오르는 걸 느끼면서도 나는 고집부리듯이 물었다. 오늘만큼은 끝까지 답을 듣고 싶었다. 그 아이에게 내주지 못한 답을 알아내고 싶었다. 형은 쓰게 웃었다.

—있잖아, 이미 일어나 버린 일에 만약이란 없어. 그건 책임지지 못할 꿈을 꾸는 거나 마찬가지야. 하지만 한 가지는 말할 수 있지. 어떻게 하든 누군가는 아프게 된다고.

형이 나를 바라봤다.

—반대로 말하면 누군가는 기쁘게 되는 거야.

형의 꿈결 같은 말은 내게 아무런 감흥도 주지 못했다. 그건 까만 종이를 뒤집으면 흰 종이가 된다는 말과 조금도 다르게 들리지 않았다. 세상에 일어나는 무수한 일들에 정답 같은 게 있을 리 없었다. 나는 연말부터 한동안 나를 괴롭힌 모든 문제들로부터 다시 자유로워지기로 결심했다.

그 뒤로 나는 다시 상자 속에서 살았다. 상자를 올리고 상자를 내리고 그것을 닫힌 문 앞에 놓아두었다. 더 힘든 날과 견딜 만한 날이 존재할 뿐, 점에서 점으로 이어진 직선처럼 생활에는 아무런 변화도 없었다. 그 사실은 내게 안도감과 허탈감을 동시에 안겨 주었다.

💧

일 년이 지나 다시 겨울이 왔다. 11월까지 이어진 이상 고온 탓으로 내내 늦가을 같던 날씨는 12월이 되자 작정한 듯 겨울로 바뀌었다. 하루아침에 찾아온 급작스러운 추위에 아침부터 온몸이 얼어 관절들이 뜻대로 움직이지 않았다.

원래 비번이었지만 동료의 갑작스러운 병가로 대신 일을 나간 날이었다. 내 담당 구역에서 거리가 꽤 먼데도 배송 주소 목록을 보자 훤히 길을 알 수 있었다. 전에 살던 동네였다.

차가 동네 초입에 들어서자 온몸의 신경이 날카롭게 곤두섰다. 골목마다 깃든 어린 시절의 기억 위로 낯선 아파트들이 송곳처럼 삐죽삐죽 솟아 있었다. 낯선 지도 위를 익숙하게 헤집는 느낌, 방향을 훤히 아는 미로 같았다. 전에 우리가 살던 아파트. 옆문을 통해 가던 그 길, 바로 그곳에 주택가를 밀어낸 아파트가 서 있었다. 세월이 흘러 이곳도 완전히 새 아파트라고 부르기는 어려웠다. 나는 묵묵히 차를 주차하며 일에만 집중하자고 마음을 다잡았다.

그렇게 첫 번째 동의 작업을 마치고 나왔을 때였다. 다음 동으로 향하기 위해 트럭에 올라타려는데 어딘가에서 이상한 소리가 들렸다. 처음엔 화단에 숨은 고양이가 낑낑대는 소리인 줄 알았다. 그런데 낑낑대는 소리에 사람의 호흡이 섞여 있었다. 나는 불길한 기분에 이끌려 화단을 따라 조심스럽게 걸음을 옮겼다. 하늘은 흐렸고 주변엔 사람 하나 보이지 않았다.

길은 더 이상 쓰이지 않아 막아 둔 산책로로 이어졌다. 그 앞에 한 젊은 여자가 쓰러져 버둥거리고 있었다. 재활용 쓰레기를 버리려다 쓰러졌는지 주변에 페트병이며 빈 박스들이 어지러이 널려 있었다. 여자는 가슴을 움켜쥐고 심하게 떨었다. 얼굴이 고통으로 일그러져 있었다. 괜찮으세요? 떨리는 목소리로 겨우 한마디를 물었지만 여자는 답하지 못했고 퀭한 눈동자가 점점 빛을 잃더니 다음 순간 완전히 의식을 잃고 말았다.

나는 혼란에 빠진 채 멍하니 서 있었다. 그 회색빛 공간에 여자와 나 둘뿐이었다. 짧은 시간 수많은 생각이 스쳐 지나갔다. 일하면서 잊을 만하면 들었던 폭언들, 귀찮은 일에 휩싸이게 되리라는 두려움, 도움을 주려고 함부로 신체를 접촉했다가 오히려 가해자로 몰려 고소당했다는 증언들, 크리스마스이브, 붉은 문 뒤의 아이, 그리고 형.

119에 전화를 걸 생각조차 하지 못한 채 내 몸은 돌처럼 굳었다. 차라리 보지 않았더라면. 못 들은 척 여기까지 오지 않았더라면…… 나는 나도 모르게 뒷걸음질 치고 있었다. 두려웠다. 이곳에서 벗어나는 것만이 내가 할 수 있는 가장 현명한 일처럼 여겨졌다.

그때 몸에 둔탁한 충격이 느껴졌다. 누군가가 내 몸을 밀치고 쏜살같이 달려가 여자 앞에 무릎을 꿇었다. 트레이닝복을 입은 여자아이였다. 아이는 여자를 똑바로 눕힌 후 여자가 입은 카디건의 단추를 풀고는 호흡과 맥박을 확인했다. 그러곤 한 손을 다른 손에 깍지 껴 여자의 몸 위로 올렸다.

하나, 둘, 셋, 넷. 하나, 둘, 셋, 넷.

구령을 맞추듯이 주문처럼 숫자를 세며 아이는 여자의 가슴을 압박했다. 아이의 작은 몸에서 나오는 힘은 일정하고 균일했으며, 그 끊임없는 규칙성에서는 고집과 의지가 느껴졌다.

—119요, 아저씨!

아이가 나를 보지도 않고 외쳤다. 가쁜 숨을 미처 채워 넣지 못해 목소리가 갈라졌다.

—그리고 제세동기, 101동 우편함 옆에요! 입구 비밀번호는…….

—알고 있어. 말 안 해도 돼.

이미 달려 나가면서 나는 등 뒤로 외치고 있었다. 아이의 말에 번뜩 정신이 든 느낌이었다. 한쪽 손으로는 119에 전화를 걸면서 나는 숨이 턱에 닿도록 달려 101동 현관 비밀번호를 눌렀다. 신고 접수를 하며 이 아파트는 1, 2호와 3, 4호 라인이 외따로 떨어져 있으므로 입구에서 쭉 올라와 벤치 앞에서 좌회전을 해야 한다는 말도 잊지 않았다. 막 다녀와 101동의 구조와 입구 비밀번호를 알고 있다는 게 믿기지 않았다.

꺼내 온 제세동기를 건네주자 아이가 말했다.

—저 하는 거 보이시죠. 이제 아저씨가 이렇게 하셔야 돼요. 멈추면 안 돼요, 얼른!

아이의 말투가 너무 진지해서였을까. 겁은 났지만 아이가 여자의 가슴에서 손을 떼자마자 나는 바통을 이어받아 아래로 펌프질을 하기 시작했다. 너무 세거나 빠르지 않게, 최대한 아이가 보여준 직각의 방향대로. 그러는 동안 아이는 제세동기의 전원을 켜고 여자의 옷 안으로 패드를 부착했다.

—손 떼고 떨어져요, 위험하니까.

아이의 말에 나는 동작을 멈췄다. 아이가 잠시 숨을 몰아쉬더니 버튼을 눌렀다. 몸에서는 땀이 흘렀고 어지러울 만큼 숨이 가빴지만 하얗게 질린 여자의 얼굴을 보자 한 가지 생각밖에 들지 않았다.

살아났으면 좋겠다. 다시 숨을 쉬었으면 좋겠다. 나와 한 번도 본 적 없는 사람이지만, 어쩌면 언젠가 내 손길을 거친 상자 한 개쯤은 이 사람의 문 앞에 가 닿은 적이 있을지도 모른다. 지금 이렇게 과도하게 뛰는 내 맥박을 조금이라도 나눠 주고 싶다. 그러니까, 살아났으면 좋겠다…….

그때였다. 여자가 미약하게 몸을 떨며 잔기침을 했다. 몸이 다시 깨어나는 소리였다. 나는 피가 잘 통하도록 따뜻한 손으로 여자의 손과 팔을 주물렀다. 코트도 벗어서 몸 위에 덮었다. 몇 분 지나지 않아 구급대원이 도착했고 나는 상황을 설명하고 나머지 처치를 그들에게 맡겼다. 대원이 여자를 들것에 옮기면서 위급한 상황은 넘긴 것 같다고 말하자 그제야 현실로 돌아온 기분이었다.

아직도 쿵쾅거리는 맥박을 진정시키지 못한 채 주위를 둘러봤다. 하지만 아이의 모습은 보이지 않았다. 고개를 빼꼼히 드니 언덕 아래로 아이가 도망치듯 뛰어가는 모습이 눈에 들어왔다. 나는 구급차를 뒤로한 채 급하게 아이의 뒤를 쫓았다.

—저기, 잠깐만!

아이를 불렀으나 그 애는 얼핏 멈춰 돌아보는 듯하더니 오히려 더 빠르게 달리기 시작했다. 이건 또 무슨 일인가 싶어 나도 전속력으로 그 애를 향해 달렸다. 나도 달리기로는 어디 가서 지지 않는 편인데 아이는 나를 약 올리기라도 하듯 좌우로 배낭을 달랑거리면서 잘도 뛰었다. 보통 빠르기가 아니었다.

—잠깐 기다려 봐. 도망가는 거 아니면 멈추라고!

다시 한번 크게 소리쳤을 때에야 아이가 속도를 늦췄다. 헉헉대며 무릎을 짚은 나와는 달리 별로 숨찬 기색도 아니었다.

—할 말 있으면 빨리요. 좀 바빠서…….

아이가 다소 퉁명스럽게 말했다.

—구급대원도 왔는데 그냥 도망가면 어떡해. 응급 처치까지 다 해 놓고.

—그 언니 괜찮은 거 확인했으니까 더 있을 필요 없을 것 같아서요.

방금 전까지 꽁무니를 빼던 건 아예 시치미를 떼고 있었다.

—그래도 인사 정도는 듣고 가야지. 생명의 은인인데.

—고맙단 말 들으려고 한 거 아닌데요. 깨어나서 다행이긴 하지만.

아이가 흘러내린 안경을 올리며 말했다. 은테 안경 뒤의 눈동자가 차가운 듯 맑게 빛났다. 어딘가에서 본 기억이 있는 것 같다는 생각을 뒤로하고 중얼거렸다.

—용감하네.

—그냥 학교에서 배운 대로 한 거예요. 맞게 하고 있는지 몰라서 순간 진짜 쫄긴 했지만. 쓸모없다고 생각했는데 뭐든 배워 두면 쓸데가 생기나 봐요.

아이가 싱긋 웃었다.

—그리고, 아저씨 없었으면 저도 힘들었을 거예요.

아이의 웃음에도 왠지 나는 따라 웃기가 힘들었다. 억지로 미소를 지었지만 웃음소리까지 나오지는 않았다. 조금 전 아이가 심폐소생을 하던 모습이 떠올랐다. 꺼져 가는 생명에 자신의 모든 힘을 쏟아 넣던 그 모습이.

—난 아무것도 한 게 없어. 네가 다 했지.

—아저씨가 구급차도 부르고 제세동기도 갖다주셨잖아요. 같이 도운 거예요. 고마워요, 아저씨.

엉뚱한 사람이 엉뚱한 사람에게 감사의 말을 듣고 있었다. 의식을 잃은 여자는 자신을 위해 누가 뭘 했는지 전혀 모를 테니까. 그렇지만 꼭 당사자에게 고맙다는 말을 듣지 않아도 이미 충분하다는 생각이 들었다.

—아저씨, 근데요…….

아이가 조심스럽게 나를 불렀다.

—괜찮다면 이거 비밀로 해 주실래요? 혹시 구급대원이나 그 언니한테 연락이 오더라도 제 얘기는 빼 주시는 걸로…….

—왜?

아이는 말을 멈추며 쭈뼛거렸다.

—사실 제가 지금 학원에 있어야 되거든요. 절대 이 시간에 여기 있으면 안 되는 거라서, 그래서 알려지면 곤란해요.

난데없는 알리바이 조작 요청에 나는 할 말을 잃었다. 내 생각을 읽은 듯 그 애는 급히 변명을 덧붙였다.

—아, 저 믿으셔도 돼요. 나쁜 짓 하는 것도 아니고, 그냥 부모님이 바라는 거랑 제가 하고 싶은 게 좀 달라서 그런 것뿐이에요. 그러니까 비밀로, 네?

애원하듯 양손을 맞잡은 아이의 소매 끝으로 조그맣게 상처가 새어 나와 있었다. 사슬 모양의 빛바랜 상처. 본 적은 없지만 머릿속에서만큼은 너무나 낯익은 어떤 장면이 스치듯 지나갔다. 오래전 어느 밤, 형과 어떤 아이가 만났던 장면이.

나는 그 상처를, 누군가가 살아남은 흔적을, 또 다른 누군가가 불어넣은 생명의 흔적을 물끄러미 바라봤다. 아이는 내 눈빛을 끄덕임으로 이해했는지 씩 웃고는 바람처럼 달려 사라졌다.

정말로, 빨랐다.

그 후로 다시는 그 아파트에 갈 일이 없었다. 내 구역이 아니므로 구태여 그쪽을 향할 일은 앞으로도 없을 것이다. 구급대원으로부터 여자가 감사 인사를 전하고 싶다며 내 연락처를 물어 왔다는 연락을 받았으나 나는 무사하다면 그것으로 됐다는 말을 남겨 달라고만 전했다. 마음 같아서는 아이의 존재를 이야기하고 싶었지만 약속은 약속이니까. 그렇게 그 일은 아이와 나, 둘만의 비밀로 남았다.

아마도 나는 변함없이 상자 안에 숨어서 안전한 삶을 꿈꿀 거다. 이미 굳어진 어른의 마음은 쉽게 변하기가 힘든 법이니까. 그렇지만 누군가를 향해 손을 멀리 뻗지는 못한다 해도 주먹 쥔 손을 펴서 누군가와 악수를 나눌 용기쯤은 가끔씩 내 볼 수 있을까.

형의 말대로 삶은 누군가를 아프게 하고 누군가를 기쁘게 한다. 그런 의미에서라면 나는 내가 알고 싶었던 답을 영원히 찾지 못할 것 같다. 하지만 유일하게 위안 삼을 수 있는 점은, 아픔도 기쁨도 한 종류만은 아닐지 모른다는 거다. 그 아이가 영원히 갖고 살아갈 상처처럼, 그 애와 내가 나눈 비밀스러운 미소처럼.

임선우

2021년 『문학사상』 신인문학상을 수상하며 작품 활동을 시작했다. 소설집 『유령의 마음으로』, 『왜가리 클럽』(공저), 『관종이란 말이 좀 그렇죠』(공저) 등을 썼다.

07

커튼콜,
연장전,
라스트 팡

마지막으로 사람들에게 남기고 싶은 말이 있다면 급할수록 돌아가라는 것이다. 급하게 음식을 먹으면 체하고, 급하게 챙긴 짐에는 무언가 빠져 있기 마련이고, 급하게 죽어 버리면 제대로 죽지도 못하니까. 농담처럼 들리겠지만 사실이다. 어제 새벽 나는 급하게 죽어 버리는 바람에 이승을 떠돌게 되었다.

◆

비가 심상치 않게 내리던 새벽, 담배를 사러 편의점에 가는 길이었다. 집에서 가까운 거리라고 생각해 왔지만 어제 같은 날이라면 얘기가 달랐다. 폭우로 순식간에 옷이 젖었고 빗길에 자꾸만 슬리퍼가 벗겨졌다. 슬리퍼를 고쳐 신으려던 순간, 눈앞이 번쩍하더니 상상도 못 한 고통이 뒤통수로 전해졌다. 환하게 불 밝힌 편의점을 코앞에 두고 나는 바닥에 쓰러졌다.

정신 차렸을 때는 사방이 새하얬다. 멍하니 서 있던 중 누군가 발밑에서 인사를 건넸다. 안녕하십니까. 깜짝 놀라 내려다보니 회색 비둘기 한 마리가 있었다. 당신은 어제 새벽 1시 50분경 사망했습니다. 비둘기는 엄숙한 투로 말했다. 사인은 두부 손상. 폭우와 강풍으로 인해 떨어진 중국집 간판에 머리를 맞아 사망했습니다. 아, 그 중국집. 나는 천천히 기억을 되짚어 보았다. 어쩐지 나는 그 중국집이 처음부터 마음에 들지 않았다. 가게 밖에 쌓아 놓은 양파 더미를 쥐가 갉아 먹는 모습을 본 뒤로 한 번도 발을 들이지 않은 곳이었다.

그럼 저는 유령인가요? 내가 물었다. 유감스럽게도 그렇습니다. 비둘기가 대답했다. 일반적으로는 사망과 동시에 이승을 벗어나지만, 급사한 경우에 한해서는 이승에서의 마지막 시간이 제공된다고 비둘기는 설명했다. 자신의 죽음을 받아들이지 못한 나머지 이승을 떠나길 거부하는 유령들 때문에 만들어진 규칙이라고 했다.

지금으로부터 24시간이 지나면 배꼽에 버튼이 생깁니다. 그것을 3초 이상 누르면 언제든지 이승에서 사라질 수 있습니다. 100시간이 지나면 버튼을 누르지 않더라도 자동으로 사라지니, 마음의 준비가 되셨을 때 누르는 것이 가장 좋습니다. 사랑하는 사람들에게 마지막으로 인사하시거나 평소 꿈꿔 왔던 일을 해 보세요. 설명을 마친 비둘기는 나에게 질문이 있는지 물었다.

여기는 천국인가요? 아닙니다. 사람 말은 언제 배우셨어요? 비둘기는 전서구로 일하다가 통신 발달로 인해 실직했었으나, 소식을 전한다는 특성을 살려 저승사자가 되었다고 했다. 인간과 대화할 수 있는 능력은 그때 생겼습니다. 비둘기가 대답했다. 나는 이 와중에도 재취업에 성공한 비둘기가 대단하다고 생각했다. 내가 살면서 한 번도 해내지 못한 일을 비둘기는 두 번씩이나 해낸 것이었다.

생각에 잠긴 나를 보고는 비둘기가 다시 입을 열었다. 쉽게 말씀드리자면 급사한 분들을 위해 제공되는 사후 서비스입니다. 남은 시간을 확인하고 싶을 때는 왼쪽 손목을 보세요. 그 말을 듣고 왼쪽 손목을 내려다보자 숫자 100이 쓰여 있었다. 시간이 줄어들수록 점점 투명해지다가 마지막에는 파바밧, 사라지실 겁니다.

사라진 다음에는 어디로 가나요? 죄송하지만 그것에 대해서는 저도 아는 바가 없습니다. 비둘기가 대답했다. 나는 잠시 망설이다가 말했다. 그런데요, 지금 해 주신 설명 전부 이해가 가고, 듣다 보니 제가 죽었다는 것도 충분히 납득이 되는데요, 지금 바로 사라지면 안 될까요. 비둘기는 고개를 내저으며 최소 24시간은 남아 있는 것이 규칙이라고 했다. 나는 대답 대신 짧게 한숨을 쉬었다.

어느 장소에서 100시간을 시작하시겠습니까? 나는 딱히 가고 싶은 곳이 없다고 대답했다. 정하기 곤란하시다면 죽기 직전 계셨던 자리로 돌아가게 됩니다. 비둘기의 말에 나는 의욕 없이 고개를 끄덕였다.

주변이 서서히 어두워져 고개를 들자 비둘기는 사라져 있었고, 나는 좁은 골목길로 되돌아와 있었다. 무섭게 쏟아지던 비는 그친 뒤였다. 죽은 지 24시간이 지났다고 했으니까 지금은 다음 날 새벽 1시 50분이겠구나. 손목을 내려다보자 남은 시간이 99:59로 바뀌어 있었다. 나는 바닥에 쪼그려 앉아 내가 죽었던 자리를 살펴보았다. 내 시체를 발견한 사람은 누구였을까?

가로등 불빛 아래서 내 흔적을 찾아보려 애썼지만 검은색 아스팔트 위에는 아무것도 없었다. 잠시 뒤 내가 죽었던 자리 위로 오토바이 한 대가 지나갔다. 나는 오토바이가 골목 모퉁이를 돌아 사라질 때까지 지켜보았다. 빠르구나, 빨라. 서울에서 내 죽음이 잊히는 속도는 한밤중의 배달 오토바이만큼이나 빠르다. 하기야 서울은 사람이 아쉽지 않은 도시, 사람 하나쯤은 티 나지 않는 도시이니까. 같은 이유로 나는 서울을 좋아하기도 했다.

일이 이렇게 되는 바람에 나는 유령인 채로 이승을 떠돌게 되었다. 언젠가 담배로 인해 죽을 거라고 생각해 본 적은 있었지만, 그게 이런 식일 줄이야. 사람 일은 역시 알 수가 없고 그것은 죽고 나서도 마찬가지이다. 나에게는 기묘하기 짝이 없는 하루가 주어진 셈이었다. 공연으로 치면 커튼콜, 야구로 치면 연장전, 게임으로 치면 라스트 팡이라고나 할까.

100시간을 채울 생각은 애초부터 없었다. 24시간이 지나서 버튼이 생기면 곧바로 눌러 버릴 작정이었다. 문제는 그 시간조차도 어떻게 보낼지 막막하다는 것이었다. 나는 집으로 갈까, 하다가 쓰레기장이나 다름없는 방을 떠올리고는 고개를 내저었다. 이대로 아침까지 기다렸다가 중국집 사장 뒤통수를 한 대 때려 줄까도 생각해 봤지만 됐다, 됐어.

어두운 밤거리를 걸으며 나는 죽기 적당한 곳을 생각해 보았다. 아니, 죽기는 이미 죽었으니까 완전히 사라지기 적당한 곳이 어디일까. 첫 번째로 떠오른 후보지는 5성급 호텔의 스위트룸이었다. 그러나 아무리 5성급 호텔이라도 종일 방에 갇혀 있는 데는 진력이 난 상태였다. 두 번째 후보지는 바닷가. 한적한 해변에 누워 있다가 사라지는 것도 좋을 듯했지만, 지금은 휴가철이어서 사람이 너무 많았다. 마지막으로 떠오른 후보지는 63빌딩이었다. 아직도 좋은 곳이라고 하면 63빌딩이 떠올랐다. 한때 온 국민의 자랑이었던 거대한 골드바. 하지만 이제는 애매하고 시시해졌다는 점에서 나와 일맥상통했다. 그런 생각을 하자 63빌딩도 가고 싶지 않았다.

한때는 내가 나의 자랑이었다. 수많은 아르바이트로 나를 먹여 살려 왔고, 오랜 시간이 걸렸지만 대학도 졸업했으니까. 그러나 지난 2년간 취업에 실패하면서 내 세계는 점점 좁아졌다. 좁아진 땅에 애인과 친구들이 서 있을 자리는 없었다. 나는 제대로 된 인사조차 없이 그들을 떠나보냈다. 안정된 주거가 사라졌고 균형 잡힌 식단이 사라졌다. 사라지는 것조차도 갈수록 보잘것없어져서 나중에는 머리숱과 규칙적인 생리 주기, 주말 아침마다 보던 영화와 응원하던 야구팀이 사라졌다.

마지막에는 지원서도 사라졌다. 어느 날부터인가 나는 지원서 대신에 유서를 쓰기 시작했다. 내가 죽던 날 밤에도 나는 유서를 쓰고 있었다. 그런 다음 한 뼘짜리 창밖으로 비 내리는 것을 구경했고, 옆방 소음에 귀를 기울였고, 담배를 사러 나간 길에는 떨어진 간판에 머리를 맞아 죽었지. 누군가 내 노트북을 열어 본다면 지원서 파일에 담긴 수백 장의 유서를 발견할 수 있을 것이다.

한참을 걷다가 도착한 곳은 예전에 단골이었던 동네 카페였다. 사라지기 적당한 곳은 아니었지만 떠오르는 데가 여기뿐이었다. 카페 문이 잠겨 있어서 일단 테라스 의자에 앉았다. 맞은편의 빽빽한 건물들 사이로 커다란 전광판 하나가 빛나고 있었다. 새벽에도 전광판에서는 여러 광고들이 나왔다. 탄산음료, 명품 가방, 곧 개봉할 영화…… 등등 나와는 무관해진 것들이 빠른 속도로 흘러갔다. 괴생물체가 등장하는 영화는 일주일 뒤에 개봉된다고 하는데, 그때쯤이면 나는 이곳에 없다. 그러자 내가 죽었다는 사실이 새삼 실감 났다.

적어도 하루를 보내야 한다는 규칙은 이래서 생긴 거구나. 어쩐지 쓸쓸한 기분이 들어 의자에 몸을 기댔다. 지금쯤이면 내 장례식이 진행되고 있을까? 가족들에게는 연락이 갔을까? 오래전에

연을 끊어서 번호가 없을 텐데.

복잡한 일은 산 사람들에게 미뤄 둔 채 나는 테라스에 앉아 해가 뜨기만을 기다렸고, 마침내 해가 떴을 때는 놀라서 까무러칠 뻔했다. 밝은 햇빛 아래서 본 내 몸은 무채색이었다. 죽음과 동시에 몸에 있던 색들이 전부 빠져나간 듯했다. 살갗에 비치던 핏줄도, 손가락에 있던 지문도 더는 보이지 않았다. 죽긴 죽었나 봐. 나는 혼자서 중얼거렸다.

얼마 지나지 않아 카페 주인이 도착했다. 나는 주인을 따라서 카페 안으로 들어가, 그가 테이블을 닦고 커피 내리는 모습을 구경했다. 내 기억 속의 그는 친절한 사람이었다. 한가한 시간에는 카운터에 앉아 조용히 책을 읽던 사람. 그가 내린 커피를 마실 수 없다는 사실이 아쉬웠다.

그래도 오랜만에 찾은 카페는 여전히 좋았고, 사람들 눈에 보이지 않는 덕에 마음 놓고 사람 구경을 할 수도 있었다. 나는 라디오를 듣듯 카페 사람들의 대화를 엿들었다. 그러다 보면 보이지 않는 것들이 보이기도 했다. 사랑이나 적의, 죽음 충동 같은 사람의 감정들이. 내가 죽은 뒤에도 사람들은 여전히 사랑에 빠지고 있었고, 누군가를 미워했으며, 때때로 죽고 싶어 했다. 그런 마음들은 어째서 지치지도 않고 계속 이어지는 걸까. 그것을 생각하자 그만 아득해져 이미 죽었는데도 또 한 번 죽고 싶었다.

오후에는 공연 티케팅에 실패한 여자애 두 명이 내 옆자리에 앉았다. 둘은 오늘 저녁에 있을 콜드플레이 내한 공연에 대해 얘기했다. 기회가 다시 오겠지? 단발머리가 물었다. 아니. 긴 머리가 대답했다. 죽기 전에는 볼 수 있지 않을까? 아니. 지금이라도 암표를 구해 볼까? 100만 원이라던데. 그 말에 단발머리는 기운이 빠졌는지 테이블 위로 엎드렸다. 그러고는 티케팅에 실패한 원인, 티케팅에 성공했더라면, 티케팅 성공 비결 등에 대해 끊임없이 이야기했다.

나는 음악에 별 관심이 없었고 공연장은 가 본 적도 없었지만, 그들이 실패와 성공, 단 한 번뿐인 기회와 같은 말을 하는 것이 자꾸만 귀에 들어왔다. 그렇게 대단한 공연장에 가면 무언가를 해낸 듯한 기분이 들까? 카페에 앉아 있는 것도 슬슬 지겨워지던 참에, 나는 자리에서 일어났다.

💧

공연장까지는 지하철을 타고 가기로 했다. 유령이 되면 하늘을 날아다닌다거나 벽도 통과할 수 있을 줄 알았는데, 그런 멋진 일은 전혀 일어나지 않았다. 대신 비어 있는 노약자석에 앉을 수 있었다. 가는 동안 콜드플레이 이름이 간간이 들려왔고, 열차가 종합운동장역에 도착하자 대부분의 승객들이 내렸다.

사람들에게 치이면서 출구로 가던 중이었다. 어디선가 도와 달라고 외치는 소리가 들렸다. 통로를 걸을수록 소리는 점점 더 크게 들렸지만 주변 사람 중 누구도 반응하지 않았다. 사람들에게는 이 소리가 들리지 않는 건가? 나는 주위를 둘러보다가 소리 나는 곳을 찾아냈다. 소리는 지하철 통로 끝에 있는 창고에서 나고 있었다. 창고 안을 들여다보자 청소용품들만 쌓여 있을 뿐 아무도 없었다. 돌아 나가려던 찰나, 여자 목소리가 다시 들려왔다. 거기 누구야? 내 말 들려? 소리 나는 쪽을 바라보니 고장이라고 쪽지를 써 붙인 대형 청소기가 있었다.

이번에는 말하는 청소기구나. 나도 모르게 중얼거린 말에 대답이 돌아왔다. 말하는 청소기가 아니고 청소기 안에 갇힌 거야. 당황한 내가 유령이냐고 묻자 그렇다는 대답이 돌아왔다. 대체 어쩌다 그 안에 들어간 거야? 내가 물었다. 유령은 어제저녁 역사 안을 걷다가 청소부와 마주쳤다고 했다. 별생각 없이 지나가려던 찰나 청소부는 유령 쪽으로 청소기를 들이밀었고, 엄청난 흡입력에 의해 유령은 청소기 안으로 쏙 빨려 들어갔다. 동시에 유령을 빨아들인 청소기는 작동을 멈췄다고 했다.

나는 유령을 꺼내 주려고 시도해 보았으나, 거대한 원통형의 청소기는 꿈쩍도 하지 않았다. 안간힘을 써 보다가 나는 청소기 옆에 주저앉았다. 안 열려. 내가 말했다. 그런 것 같네. 청소기가 대답했다. 그 안에서 아프지는 않아? 응. 청소기는 다만 정체불명의 휴지 조각들과 껌 종이, 머리카락 뭉치와 엉켜 있는 것이 참기 힘들다고 했다.

엊저녁에는 다른 유령이 왔었는데 시간 없다면서 그냥 가더라고. 청소기가 말했다. 남을 위해 쓰기에는 100시간이 짧잖아. 내가 대답했다. 청소기는 그건 그러네, 하더니 나에게 공연 보러 가는 길이냐고 물었다. 어떻게 알았어? 그게 아니면 유령들이 왜 이곳으로 모여들겠어. 나는 약간은 김이 샌 채, 사람들은 죽어서도 생각하는 일이 다 거기서 거기인가 봐, 하고 대답했다.

그러자 청소기는 자신에게는 콜드플레이를 보는 것보다 훨씬 더 중요한 일이 있다고 했다. 나는 무대에 서 보고 싶었어. 7년 동안 아이돌 연습생이었는데 데뷔도 못 하고 죽었거든. 그 말을 듣자 어떻게 해서든 유령을 꺼내 주고 싶었다. 나는 다시 자리에서 일어나 청소기를 열어 보려고 했지만 이번에도 실패했다.

됐어, 이제 공연 보러 가. 청소기가 말했다. 너는 어떻게 할 생각인데? 정 안 되겠으면 사라지면 되지. 청소기는 덤덤하게 대답했다. 나는 잠시 고민했다. 공연을 못 보는 건 크게 상관없었지만, 남은 시간을 창고에서 보내고 싶지는 않았다. 공연이 끝나면 다시 올게. 나는 청소기에게 약속했다. 나 대신 무대에 서 줘. 청소기가 말했다. 나는 노력해 보겠다고 대답한 뒤 창고 밖으로 나왔다. 손목을 확인해 보자 남은 시간은 85시간. 24시간이 지나려면 아직 9시간이 남아 있었다.

도착한 공연장은 사람들로 가득했다. 나는 긴 줄을 지나쳐 곧장 2층으로 올라간 다음, 난간에 기대서 사람들을 구경했다. 무언가를 해낸 듯한 기분은 들지 않았다. 거대한 경기장이 사람들로 채워지는 모습을 보고 있자니 오히려 현실감이 사라졌다. 이 많은 사람들이 전부 어디에서 온 걸까. 무대에 설치된 거대한 스크린 위로는 카운트다운이 시작되고 있었다.

스크린 속 숫자가 0이 되자 무대 조명이 켜지고 콜드플레이가 등장했다. 함성과 함께 응원 불빛이 물결처럼 흔들렸고, 관객들의 머리 위로 종이 눈이 쏟아졌다. 흥분한 사람들 속에서 나는 가만히 눈을 맞고 서 있었다. 공연이 시작되었지만 내 안에서는 아무 일도 일어나지 않았다. 들뜨거나 흥분되지 않았고, 더 나아가 아무런 감흥이 없었다. 눈앞의 무대를 보고 있으면서도 아주 먼 곳에서 일어나는 일을 보는 듯한 기분이 들었다.

다만 온갖 색의 조명으로 물드는 무대와 관객들을 바라보다가 한 가지 사실을 깨달았다. 나는 팔을 천천히 앞으로 뻗어 보았다. 조명에서 나오는 붉은 빛은 내 팔에 닿는 순간 사라졌다. 다른 조명들 또한 마찬가지였다. 어떠한 색의 조명이 닿아도 내 팔은 변함없이 어둠, 새까만 어둠이었다. 나는 어두운 팔을 바라보다가, 화려한 빛으로 물든 무대와 관객들을 바라보다가, 첫 곡이 끝나기 전에 공연장에서 빠져나왔다.

기껏 찾아간 곳은 다시 지하철역이었다. 청소기에게 가려고 했는데 창고 문이 닫혀 있어서 들어갈 수가 없었다. 나는 통로 벤치에 앉아 한 시간이 넘도록 기다리다가, 청소부가 창고 문을 여는 틈을 타서 안으로 들어갔다. 창고는 캄캄해서 색이 잘 구분되지 않았고, 나는 그제야 마음이 놓였다.

청소부가 나가고 나서 청소기를 노크하듯 두 번 두드렸다. 누구세요. 청소기는 놀란 목소리로 물었다. 나야, 다시 오겠다고 했잖아. 당연히 빈말인 줄 알았지. 공연이 벌써 끝났어? 응. 나는 거짓말을 했다. 어땠어? 그냥 그랬어. 시끄럽고 화려하고. 청소기는 내가 얼버무리려 하는 것을 눈치채고는 물었다. 너 공연 안 봤지? 나는 봤다고 대답했다가, 이내 첫 곡 중간에 나왔다고 털어놓았다.

왜 그랬어? 그냥 기분이 이상했어. 거기서는 아무 생각도 말았어야지. 나는 대답하지 않고 공기 중에 떠다니는 먼지만 바라보았다. 청소기 말이 맞았다. 공연장에서는 아무 생각도 말았어야 했다. 나는 그곳에서 사람들이 살아 있는 것이, 그것도 지나치게 살아 있는 것이 무서웠고, 내가 죽었다는 사실이 처음으로 무서웠다. 버튼이 있었다면 그 자리에서 눌러 버렸을 것이다. 잠깐의 정적이 흐르고 나서 청소기가 입을 열었다. 다음번에 문이 열리면 여기에서 떠나. 사실은 나 몇 시간 안 남았어. 나는 그러겠다고 대답했다.

작은 창고 안에서 알 수 없는 밤이 지나가고 있었다. 롤러코스터를 타는 것처럼 마음이 끝없이 오르내렸다. 후련하다가도 쓸쓸했고, 불안하다가도 안심이 되었다. 이럴 때는 역시 아무런 생각도 하지 않는 것이 좋겠지. 나는 청소기에 몸을 기대어 앉았다. 잠시 뒤 청소기는 나에게 다시 와 줘서 고맙다고 말했다.

청소기는 소속사에서 15킬로그램을 빼야 데뷔시켜 준다고 해서 죽어라고 살을 빼다가 죽었다. 죽은 청소기는 회사로 찾아가 노래 부르는 연습생 입을 손으로 틀어막았고, 춤추는 연습생 발목을 붙잡고 늘어졌다. 살을 빼라고 말했던 사장 얼굴에는 주먹을 날렸다. 정작 그들은 눈 하나 깜짝하지 않았지만 청소기는 이틀 내내 최선을 다해서 그들을 괴롭혔다. 처음부터 그렇게까지 할 생각은 아니었는데, 하고 청소기가 말했다. 내 장례식이 끝나기도 전에 안무를 새로 짜잖아. 5인 대형에서 4인 대형으로. 나는 괴롭히길 잘했다고 말해 주었다.

넌 살아 있을 때 무슨 일 했어? 청소기가 나에게 물었다. 그 순간 나는 내가 회사원이었다고 대답했다. 왜 그런 말이 나왔는지 나조차도 알 수 없었다. 어떻게 죽었느냐는 두 번째 질문에도 과로사로 죽었다고 거짓말을 했다. 남 좋은 일을 뭐 하러 그렇게 열심히 해 줬어. 청소기가 말했다. 그러게.

이틀째 갇혀 있는데 답답하지는 않아? 나는 말을 돌렸다. 괜찮아. 나는 상상을 잘하니까. 청소기가 대답했다. 무슨 상상을 하는데? 무대에 서는 상상. 전에 소속사에서 이미지 트레이닝을 받았었거든. 청소기는 무대의 분위기, 마이크를 쥐는 손 모양, 흘러내리는 땀방울 하나까지도 구체적으로 상상한다고 했다. 하도 오랫동안 하다 보니 나중에는 눈만 감아도 무대에 설 수 있게 되어서, 청소기 안에서 버티는 데도 도움이 되었다고 했다.

왜 버티는 건데? 이제 공연도 다 끝났잖아. 나는 결국 참지 못하고 물었다. 사실은 청소기를 처음 만났을 때부터 묻고 싶었다. 어차피 사라질 텐데 왜 그렇게까지 열심인 건지. 그렇게 버티어서 얻을 수 있는 게 대체 무엇인지. 청소기는 한동안 대답하지 않다가, 자신의 손으로 버튼을 누를 수가 없다고 말했다. 가수가 되려고 지금까지 노력했는데, 버튼을 누르면 그게 다 무효가 될 거 아니야.

그러자 나는 아무 말도 할 수 없었다. 그런 마음은 대체 어떤 마음일까. 끝까지 버티면서까지 지켜 내고 싶은 것이 있는 마음은. 청소기는 내가 자신을 한심하게 보더라도 이해한다고 했다. 그런 게 아니라고, 오히려 네가 부럽다고 말하자 청소기는 내가 부럽다고 했다. 어떤 점이 부러운데? 회사원이면 월급 받았을 거 아니야. 나는 평생 한 푼도 못 벌었거든. 그 말을 듣자 웃음이 나왔다. 뭐가 웃긴 거야? 청소기가 물었고, 나는 내가 한심해서 웃는다고 대답했다. 웃는 도중에 배가 간질간질해서 만져 보니 동그랗고 단단한 버튼이 손에 잡혔다. 내가 갑자기 조용해지자 청소기는 무슨 일이냐고 물었다. 아무것도 아니야. 나는 버튼이 생겼다는 사실을 청소기에게 말하지 않을 생각이었다. 몇 시간 더 남아 있는 것도 나쁘지 않을 듯했다.

막차 시간도 지난 고요한 밤, 청소기는 노래를 흥얼거렸다. 음음, 음음음. 무슨 노래야? 내가 물었다. 죽지 않고 살을 빼는 데 성공했다면 내 데뷔 곡이 되었을 노래. 청소기가 대답했다. 가사는 없어? 아직 없어. 네가 가사를 붙이면 되잖아,라고 말하려다가 그만두었다. 지금 이대로가 좋았다.

음음, 음음음. 속으로 노래를 따라 부르고 있는데 희끄무레한 사람 형상이 불쑥 눈앞에 나타났다. 누구세요! 내가 소리쳤다. 주변이 어두워서 그것의 성별조차 알 수가 없었다. 누가 들어왔어? 문 열리는 소리 못 들었는데? 청소기도 놀란 목소리로 물었다. 설마 해서 와 봤는데 정말 유령이시군요. 희끄무레한 것에게서 나이 든 남자 목소리가 흘러나왔다. 안심하세요. 저도 두 분처럼 며칠 전에 죽었습니다.

문이 닫혀 있는데 어떻게 들어오셨어요? 나는 여전히 경계하며 물었다. 시간이 지날수록 몸이 희미해지더니 공기처럼 가벼워졌어요. 99시간이 지나자 문이나 벽을 통과하는 것도 가능해졌습니다. 남자가 대답했다. 그럼 청소기 안으로 들어갈 수도 있나요? 이 청소기 안에 유령이 갇혀 있거든요. 나는 혹시나 해서 물었다. 남자는 한번 시도해 보겠다면서 청소기 앞으로 다가갔다.

뭐가 어떻게 되고 있는 거야? 청소기가 안에서 소리쳤다. 지금부터 제 손을 잡고 나오시면 됩니다. 남자는 그렇게 말한 다음 청소기를 향해 손을 뻗었다. 벽도 통과할 수 있다는 남자의 말은 사실이었는지, 남자의 손이 청소기 안으로 사라졌다. 잠시 뒤 남자는 힘주어 청소기를 끌어당기기 시작했다. 나 역시 남자의 허리를 붙잡아 당겼다. 줄다리기하듯 한참을 당기다 보니 유령이 조금씩, 조금씩 끌려 나오는 듯했다. 시간이 얼마나 흘렀을까. 긴 호스를 지나 청소기 흡입구로 희끄무레한 반죽 같은 것이 쑥, 하고 빠져나왔다. 남자와 나는 기진맥진한 채로 바닥에 주저앉아 그것이 사람의 형상을 갖추기까지 기다렸다.

얼마 지나지 않아 나는 야위고 앳된 얼굴의 여자를 마주할 수 있었다. 고맙습니다. 쓰레기에 파묻힌 채로 죽고 싶지는 않았거든요. 청소기에서 나온 여자가 손으로 몸을 툭툭 털어 내며 말했다. 저희가 여기 있다는 걸 어떻게 아셨어요? 내가 물었다. 새벽 4시에 지하철 창고에서 노래 부르는 게 산 사람일 것 같지는 않았어요. 남자가 대답했다. 알고 보니 그는 생전에 이곳의 역무원이었다. 남자는 첫차가 들어오는 순간을 보고 싶어서 역에 왔다가 노랫소리를 들었다고 했다.

첫차를 보기 위해서라도 우리는 밖으로 나가야만 했다. 문제는 여자와 내가 철문을 통과하는 일이 불가능했다는 것이다. 여자는 손목을 확인해 보더니 자신에게 세 시간 반이 남아 있다고 했다. 겨우 청소기에서 나왔더니 이번에는 창고네요. 여자가 말했다. 곧 있으면 야간 청소가 끝날 시간이에요. 그때 다 같이 나갑시다. 역무원이 말했다.

그러다 첫차를 놓치시면 어떡해요? 내가 묻자 그는 역무원으로서의 소임을 다하고 싶다고 대답했다. 두 분은 제게 역 이용객들이기도 하니까요. 무임승차자도 이용객으로 쳐 줘요? 그럼요. 결국 우리는 셋 다 바닥에 앉아 문이 열릴 때까지 기다리기로 했다. 그런데 아까 부르고 있던 노래가 뭐였어요? 처음 들어 보는 노래였는데. 역무원이 물었다. 내가 대답하려는 순간 여자가 말했다.

그냥 아무렇게나 부른 거예요.

10분 뒤에 청소부 두 명이 창고 안으로 들어왔다. 그들이 청소 카트를 정리하는 사이 우리는 그곳에서 빠져나왔다. 다행히 첫차는 아직 도착하기 전이었다. 같이 있어 드릴까요? 여자가 역무원에게 물었다. 역무원은 잠깐 망설이더니 그렇게 해 주시면 고맙겠다고 대답했다. 여자는 나에게도 같이 가겠느냐고 물었고, 나는 그러겠다고 했다.

우리는 2호선 플랫폼으로 가서 벤치에 나란히 앉았다. 고맙습니다. 실은 혼자 있기 무서웠거든요. 가운데 앉은 역무원이 긴장한 듯 몸을 살짝 웅크리며 말했다. 첫차를 보고 싶은 이유가 따로 있으세요? 여자가 물었다. 용기가 필요해서요. 역무원이 대답했다. 그는 생전에도 마음이 무너질 때면 첫차를 보는 습관이 있었다고 했다. 조용하던 플랫폼에 약속처럼, 마법처럼, 때로는 기적처럼 첫차가 들어서는 모습을 보면 없던 용기가 생겨났다고.

사라질 때 많이 아플까요? 역무원이 앞을 바라보며 물었다. 아프지 않을 거예요. 내가 대답했다. 역무원은 천천히 고개를 끄덕였다. 잠시 뒤 열차가 들어오고 있다는 안내 방송과 함께 익숙한 멜로디가 흘러나왔다. 전조등이 켜진 첫차가 들어오고, 수십 개의 출입문이 활짝 열리는 순간, 역무원은 작은 불꽃이 되어 사라졌다. 불꽃이 타면서 파바밧, 하는 소리가 작게 들렸다.

비둘기가 파바밧, 사라진다고 했던 말은 그냥 하는 말이 아니었구나. 역무원이 사라지고 나서도 우리는 한동안 말없이 앉아 있었다. 어쩌면 우리에게 다음 같은 것은 없고 이것이 끝이자 전부가 아닐까, 하는 생각과 불꽃이 예쁘다는 시답지 않은 생각이 동시에 들었다.

넌 이름이 뭐야? 침묵을 깨고 내가 물었을 때 여자는 헛웃음을 지었다. 이제 와서? 여자는 머뭇거리다가 이랑이라고 대답했다. 이름 예쁘다. 진짜 이름이 아니니까. 데뷔하면 쓰려고 했던 예명이야. 나는 이랑에게 바깥에 나왔으니 하고 싶었던 것을 하라고 말했다. 그러자 이랑은 고개를 저었다. 이제 와서 뭘 해. 말하면서 이랑은 자신의 몸을 내려다보았다. 시간이 얼마 남지 않은 이랑은 역무원과 다를 바 없이 희미해져 있었다. 이랑이 그런 말을 하는 것도 이해하지만, 그렇지만.

이랑의 말을 듣자 나도 모르게 마음이 다급해졌다. 이랑은 죽고 나서도 무대에 서려고 했던 사람이었다. 자신을 힘들게 한 사람들에게는 주먹도 날릴 줄 아는 사람이었다. 이랑이 그런 마음을 잃어서는 안 되었다. 그런 마음을 잃는 것이 때로는 죽는 것보다 나쁘다는 사실은 내가 잘 알았다. 이랑을 생각하는 사이 두 번째 열차가 플랫폼으로 들어섰다. 열차에서 사람들이 내리고 올라타는 모습을 지켜보던 중 좋은 생각이 떠올랐다. 듣는 사람도 없는데 나는 이랑의 귀에 대고 방금 한 생각을 말해 주었다. 얘기를 듣고 나서 이랑은 크게 웃었다. 이랑은 좋은 생각이라고 했다.

우리는 다음 열차에 올라타서 네 정거장을 지나 강남역에서 내렸다. 역사 밖으로 올라오자 햇빛이 환해 어지러웠지만 기분이 좋았다. 이른 시간에도 거리에는 사람들이 있었다. 피곤한 얼굴로 도시를 걷는 사람들 사이를 이랑과 나는 웃으면서 지나쳤다. 지나치게 맑은 하늘, 시치미를 떼는 비둘기들, 이랑과 내 몸처럼 칙칙한 색깔의 건물들까지, 모든 것이 우스웠다.

횡단보도를 건너면서 이랑은 내 손을 잡았다. 세게 쥐면 흩어질 것만 같으면서도 따뜻한 이랑의 손. 이랑과 손을 잡자 나는 아무것도 무섭지 않았다. 그래서 이랑에게 사실을 털어놓았다. 사실은 나 회사원도 아니고 과로사한 것도 아니야. 편의점에 담배 사러 가다가 떨어진 간판에 머리 맞고 죽었어. 그러자 이랑은 웃으면서, 그렇게 죽은 편이 훨씬 낫다고 말해 주었다. 죽을 때 많이 아팠어? 이랑의 물음에 나는 어깨를 으쓱했다. 기억이 잘 안 나.

걷는 동안에도 이랑은 조금씩 더 환하고 가벼워졌다. 공기처럼, 바람처럼. 나중에 이랑은 내 손을 잡고서도 둥둥 떠다니듯 걸었다. 출근 시간이 가까워질수록 사람들이 많아지자 우리는 그들을 피해 뛰어다녔다. 아무리 뛰어도 숨이 차지 않았고, 달리는 와중에 나는 스쳐 지나가는 거리를 눈에 담았다. 안녕, 지긋지긋했던 서울. 안녕, 지저분한 간판들. 안녕, 정류장 벤치에 버려진 일회용 플라스틱 컵들. 모두 안녕, 안녕, 안녕.

이랑과 나는 마침내 한 건물의 옥상으로 올라갔다. 여기가 좋을 것 같지? 이랑이 물었고 나는 그렇다고 대답했다. 우리는 희미해진 얼굴로 서로를 마주 보았다. 갈게. 이랑이 인사했다. 이따 봐.

나는 그렇게 말한 다음 빈말이 아니라고 덧붙였다. 이랑이 웃으며 고개를 끄덕였다. 그것이 마지막이었다. 이랑은 계단을 걸어 내려갔고, 나는 옥상에 혼자 남아 바깥을 내다보았다. 그때 시각은 오전 6시 51분.

같은 날 오전 7시 13분, 강남대로변에 위치한 초대형 옥외 전광판은 3분 21초 동안 오류가 났다.

출근길 도로 위에 갇힌 사람들, 횡단보도 신호를 기다리던 사람들, 창밖을 내다보던 사람들은 명품 정장 광고가 흘러나오던 전광판이 별안간 꺼져 버리는 모습을 보았다. 얼마 지나지 않아 검은 화면의 정중앙에는 작은 흰색 원이 생겼다. 그 원이 서서히 커지는 모습을 사람들은 지켜보았다. 이랑이 해냈구나. 나는 속으로 생각했다. 지하철 플랫폼에서 내가 이랑의 귀에 대고 속삭였던 말은 데뷔 무대에 서 보라는 것이었다.

3분 21초.

노래 한 곡이 온전히 흘러가는 시간.

그 시간 동안 나는 이랑을, 그 눈부신 데뷔 무대를 눈도 깜빡이지 않은 채 바라보았다. 이랑은 지금 이 순간을 오래도록 기다렸을 것이다. 나는 아무 망설임 없이 전광판 안으로 뛰어드는 영혼을 상상해 보았다. 원이 커질수록 화면은 점점 환해졌고, 마침내 전광판이 온통 새하얀 빛으로 변한 순간, 근사한 일이 일어났다. 전광판에서 흘러나온 빛이 도시를 비추기 시작한 것이다. 눈처럼 희고도 밝은 빛은 캄캄했던 도시의 방들과 어두웠던 도시의 골목들을 한순간에 환하게 밝혔다. 쏟아지는 빛 속에 선 사람들을 바라보며 나는 힘껏 박수를 쳤다. 그러자 이상한 마음이 들었다. 갑자기 모든 것이 그리워질 것만 같았다. 그러니까 수많은 얼굴을, 주말 아침의 영화를, 허공에 포물선을 그리던 야구공을 다시 사랑할 수 있을 것만 같은 기분. 그것들을 마지막으로 떠올려 보기 위해서 나는 눈을 감았다.

해설

빛을 잃은 마음에 다시 환하게 불이 들어올 때까지

「씬짜오*, 씬짜오」— 안녕, 마음으로 이해하는 인사

하나의 관계가 끝나면 누군가는 떠나는 쪽이 되고, 다른 누구는 남겨진 쪽이 됩니다. 그런데 "정말 소중한 관계가 부서졌을 때는 누가 떠나고 누가 남겨지는 쪽인지" 알 수 없습니다. 그러한 관계의 끝은 양쪽 모두에게 큰 상처로 남기 때문입니다.

최은영의 「씬짜오, 씬짜오」는 독일의 작은 도시 플라우엔에 살았던 소녀 '나'와 소년 '투이'를 통해 관계의 시작과 끝에 대해 말합니다. 아는 이 하나 없는 낯선 그곳에서 소녀의 가족과 소년의 가족은 "어떤 조건도 없이" 서로를 받아들이며 마음을 나눕니다. 그러나 두 가족의 소중한 관계는 그들 누구의 직접적인 잘못도 아닌 일에 의해 부서지고 맙니다. 소년의 어머니인 응웬 아줌마가

* 씬짜오(Xin chào, 赵鑫): 베트남 인사말. 한자의 뜻은 '마음으로 이해하다'이다.

베트남 전쟁에 참전했던 한국군의 학살로 가족을 모두 잃었다는 것을 알게 되었을 때 소녀의 어머니는 소년의 가족에게 사과하지만, 소녀의 아버지는 자신도 그 전쟁으로 형을 잃었다며 소년의 가족이 겪은 상처와 아픔을 외면합니다. 두 가족의 관계는 회복되지 못하고 소녀와 소년은 그들의 마음과는 다르게 헤어지고 맙니다. 누가 떠나고 누가 남겨졌는지 알 수 없는 채로.

사람은 보통 자신의 아픔으로 타인의 아픔을 판단하려 합니다. 자신의 아픔을 무엇보다 중요하게 여기며 내가 너보다 더 아프다는 생각으로, 타인의 아픔에 대해서는 무관심하거나 진심으로 이해하려 하지 않습니다. 결국 자신에 대한 이해와 타인에 대한 이해는 서로에게 닿지 못하고 이어질 수 없는 걸까요?

이 물음에 대해 소설은 '씬짜오, 씬짜오'라고 답합니다. 나의 아픔과 타인의 아픔이 다르지 않음을 깨닫는 것이 타인을 마음으로 이해하는 시작임을 '안녕'이라는 이름으로 말하고 있는 것입니다. 우리가 헤어질 때도 안녕, 만날 때도 안녕이라고 말하듯이 안녕은 관계의 끝을 보여 주기도 하지만 새로운 시작을 의미하기도 합니다. 내가 아팠기에 타인의 아픔도 보듬고 이해하고 공감하려는 마음, 그리고 그 마음을 소중히 여기는 것. 그것이 바로 지금까지의 어긋난 관계와 이별하고 새로운 관계를 맺을 수 있는 시작이 될 수 있지 않을까요?

「요요」— 시곗바늘처럼 만나고 헤어지고

살면서 한 번쯤 다른 사람과의 관계 속에서 자신이 불행하다는 생각이 드는 순간이 있습니다. "모든 불운의 중심에 자신이 있다는 생각"을 할 때가 있습니다. 만약 언젠가의 그때로 다시 돌아간다면, 만약 그때의 내가 다른 선택을 했더라면 우리의 관계는 달라졌을까 생각할 때도 있습니다.

김중혁의 「요요」는 자신을 "관계를 부수는 사람"이라고 생각하는 남자 '차선재'와 그가 처음으로 마음의 문을 열었던 여자 '장수영'의 이별을 다룹니다. 어린 시절 부모의 이혼이 남긴 상처는 차선재를 세상과 단절시킨 채 "아무런 의미가 없는 새벽 3시"의 삶을 살게 하고 "잘못된 걸 해결"하고 싶은 간절한 마음은 그를 시계에 몰두하게 만듭니다. 그런 그에게 느닷없이 찾아온 첫사랑 장수영은 그의 시간을 눈이 부신, "모든 시간을 멈추게 하고 싶은" 오후 3시로 만듭니다. 하지만 그녀는 편지 한 장만 남긴 채 사라집니다. 갑작스러운 이별은 차선재가 그녀와 영영 이별할 수 없게 만들었고, 그는 다시 시계의 세상에 몰두합니다.

사람에게는 누구나 "붙잡지 못한 순간, 가닿지 못한 순간", 그래서 더욱 간절한 순간이 있습니다. 그 순간에 시간을 다시 불어넣을 수 있다면, 그래서 다시 한번 그 시간을 살 수 있다면, 이번엔 손을 흔드는 대신 손을 내밀 수 있지 않을까 상상해 보기도 합니다. 하지만 "시간은 그렇게 자비롭지" 않습니다. "시간은 그저 흘러갈 뿐" 다시 돌아오지 않으므로 우리는 그 시간으로 돌아갈 수 없습니다. 시간이 어디에선가 시작되고 어디론가 흘러가듯 우리들의 관계도 그저 그렇게 흘러가고 멀어질 뿐인 걸까요? 시간은 언제나 우리의 관계를 멀어지게 만들고 우리에게 잊히지 않는 슬픔만 남기는 걸까요?

하지만 그 시간을 보내며 살아온 우리는 알고 있습니다. 장수영의 말, 차선재의 말처럼 그래도 나쁘지 않음을. "돌아갈 수는 없지만 그 시간을 떠올리는 것만으로도" 그 시간들은 우리에게 아름다운 시간으로, 그리운 시간으로 영원히 남아 있을 것임을. "죽은 것처럼 보이는 나무들도 봄이 되면 연둣빛을 쏟아 내"듯, 우리의 마음에 새겨진 그 시간들은 우리가 떠올릴 때마다 연둣빛을 쏟아 낼 것임을.

「이구아나와 나」— 떠나보냄으로써 마주하는 것들

함께 사는 반려동물의 독립을 상상해 본 적이 있나요? 나의 일부라고 생각했던 반려동물이 어느 날 갑자기 '자기만의 천국'을 찾아 떠나겠다고 한다면 진심으로 응원해 줄 수 있을까요? 소중한 대상이 이별을 고할 때 남은 사람은 힘들고 아프지만 떠나보냄으로써 알 수 있는 것들이 있습니다.

이유리의 「이구아나와 나」에서 헤어진 연인 '재호'는 마치 '폭탄 돌리기'를 하듯 '나'에게 이구아나를 남기고 떠납니다. 덩그러니 남겨진 그것과 '나'는 친해질 수 없는 것처럼 보였습니다. 얼떨결에 떠맡은 것이기도 했지만 그 존재만으로 재호와의 기억을 떠오르게 했기 때문입니다. 하지만 버림받은 기분으로 집에 들어온 어느 날, '나'는 왠지 모를 동질감에 충동적으로 이구아나를 쓰다듬게 되고, 이구아나는 '나'에게 죽기 전에 이루고 싶은 소원을 말합니다. 이구아나의 천국이 있는 멕시코에 가고 싶다고. 오랜 결심이 담긴 목소리에 '나'는 그의 홀로서기를 돕게 되고, 그렇게 함께 시간을 보내면서 이구아나는 '나'에게 '진짜' 반려동물이 됩니다.

세상에 '괜찮은' 이별이 있을까요? 있다면 어떤 모습일까요? 이별은 보통 갑작스럽게 찾아오고 미움과 미련을 남깁니다. 재호의 "단단하게 돌아선 등"과 이구아나의 "죽은 나무토막" 같은 모습이 우리에게는 익숙한 이별의 장면입니다. 하지만 이구아나와 '나'의 이별은 조금 다릅니다. "이구아나의 삶에는 무엇이 남을까"를 걱정하며 못다 한 말을 삼킨 채, 떠나는 상대를 배웅하는 모습은 우리에게 깊은 인상을 줍니다. 그리고 떠난 이에게서 도착한 소식에 안도하며 삶의 용기를 되찾는 모습은 이별에도 '희망의 얼굴'이 있음을 깨닫게 합니다.

물론 이러한 이별 뒤에는 '묵직한' 마음으로 상대를 보내기로 한 아픈 결심이 있었습니다. 우리는 이렇게 이별하며 조금씩 성장합니다. 이별을 통해 내가 누구였고, 누구여야 하는지를 알게 됩니다. 소중한 존재와의 이별을 통해 다시 한번 삶에 "오뚝" 설 수 있다면 이별은 "발 도장이 찍힌 엽서"처럼 우리 삶에 날아온 '선물'이 될 수 있지 않을까요?

「미스터 심플」— 끝내 결별함으로써 삶을 다시 살아갈 용기

우리의 삶에는 기쁨도 있지만 슬픔도 있습니다. 기쁨은 경쾌하게 흘려 쓴 글씨처럼 가볍게 기록되지만, 슬픔은 연필로 꾹꾹 눌러 쓴 글씨처럼 짙은 흔적을 남깁니다. 지우개로 열심히 지워 없앤다 해도 손끝으로 만져 보면 울룩불룩한 돌기가 여전히 남아 있는 것처럼 말입니다.

정용준의 「미스터 심플」은 삶의 의미를 상실할 만큼 깊은 상처를 지닌 '나'와 '그'의 이야기입니다. '나'는 함께 살고 있던 H의 갑작스러운 죽음을 경험한 사람입니다. H는 '나'에게 "저녁에 뭐 먹을지 생각해 놓으라"는 평소와 다름없는 말을 남기고 나갔다가 스스로 강물 속으로 들어가 삶을 등졌습니다. '그'는 가족과 직업을 잃고 쓸모없는 악기들만 짐처럼 짊어진 사람입니다. 유학을 떠난 아내와 아이는 귀국하지 않겠노라 선언했고, 호른 연주자로서 20년을 몸담았던 시향에서는 부당 해고를 당했습니다.

'나'와 '그'는 그들에게 상처처럼 남겨진 물건을 중고 물품으로 내놓으며 구매자와 판매자로 만납니다. 서로의 물건을 사고파는 두 번의 만남을 통해 그들은 서로에게 극복의 매개가 됩니다. '나'는 '그'에게 글쓰기를 통해, '그'는 '나'에게 음악을 통해, 각자 꺼내어 마주하지 못했던 깊은 상처를 스스로 대면하게 이끌어 줍니다. 그들은 더 이상 아픔과 슬픔을 피하지 않고 "처음부터 끝까지" 솔직하고 담담하게 그것들을 받아들이게 됩니다.

둘은 새벽의 빨래방에서 만나고, 둘이 만나는 동안에는 소복하게 눈이 내립니다. '새벽', '빨래방', '눈'의 공통점은 어쩌면 정화일지 모릅니다. 살다 보면 누구나 티끌이 묻기 마련이고 언젠가는 씻어 낼 시간이 필요합니다. '나'와 '그'는 각자 이별의 아픔을 갖고 있었지만, 서로 만나 아픔을 나눠 갖고 온전한 정화를 체험합니다. 오랫동안 결별하지 못했던 것과 끝내 결별함으로써 삶을 다시 살아갈 용기를 얻었으니까요. 그러므로 이 소설은 소중한 것들을 잃어버린 실패한 사람들의 이야기이기도 하지만, 마음속 깊이 묻어 두었던 깊은 상처와 결별해 낸 성공한 사람들의 이야기이기도 할 것입니다.

「더 인간적인 말」— 안락사, 관념이 아닌 현실이 될 때

밝고 건강한 나의 가족이 "스위스에 가서 존엄성을 지킨 채로 안락하게 죽"겠다고 한다면 우리는 어떻게 반응하게 될까요? '죽음에 대한 자기 결정권'이나 '고귀한 생명권에 대한 침해' 같은 안락사 찬반의 근거를 떠올리며 논리적으로 이 상황을 받아들일 수 있을까요?

정영수의 「더 인간적인 말」에 등장하는 '나'와 '해원'에게 윤리적 관점, 철학적 견해 등의 관념적 쟁점에 대한 "격렬하면서도 다정한 논쟁"은 "로맨틱한 놀이"였고 "공동체 존재의 의미"였습니다. 하지만 결혼이라는 가장 현실적인 관계 속에서 논리적 강박에 쌓인 이성적인 말들은 두 사람이 분열하는 원인이 됩니다.

그런데 파행으로 치닫던 이들의 소모적 논쟁을 멈추게 하고 "실재적이고 가까운 것"에 대해 생각하게 한 것은 다름 아닌 죽음에 대한 이모의 결심입니다. 이모는 "지금 그렇게 하고 싶기 때문"이라며 안락사에 대한 의지를 밝힙니다. 윤리적 주제였던 안락사가 현실의 문제로 다가오는 순간 '나'와 해원은 관념적 논쟁을 멈추고 "놀랍게도 다른 어떤 일로도 말다툼을 벌이지 않"게 됩니다. 그리고 이들은 스위스에서 이모를 보내 주며 "말하는 법을 잃은 사람들처럼" 침묵하게 됩니다.

논리적 토론으로 밤을 새우던, 끊임없는 논쟁으로 서로를 지치게 했던, 결국은 이들 관계에서 가장 중요했던 요인인 '말'을 중단하고 "엄중한 침묵"을 선택해야만 했던 '나'와 해원이 안락사를 선택한 이모에 대해 쉽게 말을 꺼내지 못했던 이유는 무엇일까요? 이제 이들의 침묵은 싸움을 피하기 위한 어쩔 수 없는 선택이 아닙니다. '이모의 자발적 죽음'이라는 현실은 논리적이고 추상적인 언어로는 납득이 되도록 설명할 수 없기 때문일 것입니다.

이 작품은 관념과 논리가 "우리와 직접적인 연관이 있는 것", "실재적이고 가까운 것"들 앞에서 얼마나 공허할 수 있는지 보여 줍니다. 이모가 결정한 죽음으로 맞닥뜨린 이별은 사랑하는 가족과의 헤어짐인 동시에 관념과의 이별이며 현실과의 만남의 계기가 되는 것입니다. 관념과 이별함으로써 '나'와 해원은 비로소 그들 "관계에 있어 시작과 끝"이었던 형이상학적인 말에서 벗어나 '더 인간적인 말'이 가능한 관계로 발전할 수 있게 되지 않을까요?

「상자 속의 남자」— 상자 밖으로 나올 용기, 내 안의 상처와 이별하는 법

우리는 살면서 크고 작은 선택의 순간들과 마주하게 됩니다. 그 선택으로 누군가는 기쁠 수도 누군가는 아플 수도 있겠지요. 아픈 선택을 한 후에는 '그날 그렇게 하지 않았더라면' 하고 뼈아픈 후회를 하기도 합니다. 상처받는 일 없이 티 없는 그림을 그려 나가는 인생일 수 있다면 얼마나 완벽할까요.

손원평의 「상자 속의 남자」는 상처가 된 순간을 안고 살아가는 '나'의 이야기입니다. '나'에게는 트럭에 깔릴 뻔한 아이를 구하고 12년간 네모난 병실에 누워 있는 형이 있습니다. 형은 이 선행으로 신문과 뉴스에 나오고 용감한 시민상도 받았지만, 직장부터 사랑하던 사람까지 많은 것을 잃게 됩니다. '나'는 형이 살린 아이와 그 부모의 삶을 엿보며 "감사의 마음을 쉽게, 너무나 빨리 잊어버"리는 세상에 분노하고, 결국엔 남들이 감사할 일을 하지 않으며 살기로 결심합니다. 그렇게 '나'는 스스로가 만든 안전한 테두리인 "꽉 닫힌 상자"를 벗어나지 않고 "불편해지면 눈을 질끈 감아" 버리는 삶을 살아가지요.

그러던 어느 날 택배 일을 하던 중에 심정지로 쓰러진 여자를 발견하지만 도움을 주기 위해 뛰어드는 것을 주저합니다. 그러나 한 여자아이의 외침에 "내 맥박을 조금이라도 나눠 주고 싶"은 마음까지 느끼며 여자를 살리게 됩니다. '나'는 여자를 살리고 도망치듯 자리를 피하는 여자아이의 소매 끝에서 형이 살린 아이와 같은 흉터를 봅니다.

사람들은 누구나 자신의 힘으로 어쩌지 못하는 상황을 겪으면 크고 작은 상처를 입게 됩니다. 그 상처 때문에 슬픔과 아픔에 빠져 스스로를 괴롭히기도 하고 세상에 분노하기도 합니다. 그리고 그러한 감정들은 결국 세상과 자신을 단절시키고 "상자 안에 숨어서 안전한 삶을 추구"하게 하기도 하지요. 하지만 비록 '상자 안'에 있을지라도 우리는 상처가 아물고 상처 위에 새살이 돋기를 바랍니다. 또한 삶의 기쁨이 '한 종류'가 아니듯 삶의 아픔도 '한 종류'가 아니므로 오늘도 우리는 자신의 '상자' 속에서 다른 이들과 "비밀스러운 미소"를 나누기를 바랍니다. 상자 밖으로 "주먹 쥔 손을 펴서 누군가와 악수를 나눌 용기쯤"은 내어 보려는 '나'처럼 말이지요.

「커튼콜, 연장전, 라스트 팡」— 빛을 잃은 마음에 다시 환하게 불이 들어오는 순간

내가 투명 인간이 된다면? 내가 유령이 된다면? 세상을 떠나기 전 나에게 얼마간의 시간이 주어진다면? 살면서 한 번쯤은 이런 가정을 해 보거나, 이런 질문을 받아 본 적이 있지 않나요? 실제로 일어날 수 없는 일이지만 우리가 이런 가정을 하는 이유는 아마도 이러한 질문을 통해 살면서 내가 꼭 해 보고 싶은 일이 무엇인지, 내가 이루고 싶은 꿈이 무엇인지 진지하게 생각해 볼 기회가 되기

** 임선우 작가 인터뷰에서

때문이 아닐까 싶습니다.

임선우의 「커튼콜, 연장전, 라스트 팡」의 '나'는 "한때는 내가 나의 자랑이었"던 때가 있었던 사람입니다. 어려운 형편에도 수많은 아르바이트로 자신을 먹여 살리며 대학까지 졸업하지만 지난 2년간 취업에 실패하면서 자신의 세계가 점점 좁아지는 것을 경험하고, 급기야 취업 지원서 대신 유서를 쓰게 될 정도로 절망적인 상황에 빠지게 되지요. 비가 심상치 않게 내리던 새벽, 세상과 갑작스러운 이별을 하게 된 '나'는 유령이 되어 짧게는 24시간, 길게는 100시간까지 이승에 머물 수 있게 됩니다. 하지만 딱히 가고 싶은 곳도, 하고 싶은 것도, 보고 싶은 사람도 없던 '나'에게 이 100시간은 '죽은 자들을 위한 배려'가 아니었고, 심지어 "이미 죽었는데도 죽고 싶"다는 생각까지 합니다. 그러던 '나'는 죽어서도 사라지는 순간까지 자신의 꿈을 놓지 않으려는 유령 '이랑'을 만나 그녀를 돕게 되고, 대형 전광판을 통해 3분 21초 간의 이랑의 데뷔 무대를 보며 갑자기 "모든 것이 그리워질 것만 같"은 "이상한 마음"이 듭니다.

이 작품을 쓴 임선우 작가는 이 작품을 통해 빛을 잃은 마음에 다시 환하게 불이 들어오는 순간을 그리고 싶었다고 했습니다. 살다 보면 아무것도 뜻대로 되지 않는 시기가 있습니다. 포기하고 싶고, 나를 둘러싼 모든 것과 이별하고 싶은 순간이 오기도 하지요. 하지만 우리는 그럴 때마다 다시 힘을 내야 하고, 매일매일 자신에게 용기를 내라고 외쳐야 합니다. 끝날 것 같지 않은 어둠 속을 헤매고 있을지라도 절망과 이별할 용기만 있다면 우리 마음의 전광판에도 언젠가 환한 불이 들어오지 않을까요? 빛을 잃은 모든 이의 마음을 힘껏 박수 치며 응원합니다. 삶을 다시 사랑할 수 있을 날까지.

작품 출처

- 최은영, 「씬짜오, 씬짜오」 『쇼코의 미소』, 문학동네 2016
- 김중혁, 「요요」 『가짜 팔로 하는 포옹』, 문학동네 2015
- 이유리, 「이구아나와 나」 『브로콜리 펀치』, 문학과지성사 2021
- 정용준, 「미스터 심플」 『선릉 산책』, 문학동네 2021
- 정영수, 「더 인간적인 말」 『내일의 연인들』, 문학동네 2020
- 손원평, 「상자 속의 남자」 『타인의 집』, 창비 2021
- 임선우, 「커튼콜, 연장전, 라스트 팡」 『유령의 마음으로』, 민음사 2022

손 흔드는 소설

초판 1쇄 발행 2022년 12월 31일
초판 4쇄 발행 2024년 10월 29일

지은이 • 최은영 김중혁 이유리 정용준 정영수 손원평 임선우
엮은이 • 임요한 박휘석 우유진 조대원 조자형 최보람
펴낸이 • 황혜숙
편집 • 김현정
조판 • 이주니
펴낸곳 • (주)창비교육
등록 • 2014년 6월 20일 제2014-000183호
주소 • 04004 서울특별시 마포구 월드컵로12길 7
전화 • 1833-7247
팩스 • 영업 070-4838-4938 | 편집 02-6949-0953
홈페이지 • www.changbiedu.com
전자우편 • contents@changbi.com

ISBN 979-11-6570-178-9 43810

* 책값은 뒤표지에 표시되어 있습니다.